RÉBECCA,

OU LE JUGEMENT DE DIEU.

257

Tout exemplaire qui ne sera pas revêtu de ma signature sera réputé contrefait.

PRIX : 3 *francs.*

Se vend à Dole (*Jura*), chez l'auteur, rue Cordière, nº 19, et chez les libraires.

RÉBECCA,

OU

LE JUGEMENT DE DIEU,

TRAGÉDIE EN CINQ ACTES ET EN VERS,

TIRÉE D'UN ÉPISODE DU ROMAN SEMI-HISTORIQUE,

IVANHOÉ,

DE SIR WALTER SCOTT,

PAR C.-A.-L. FLORET.

DOLE,

DE L'IMPRIMERIE DE L.-A. PILLOT.

1842.

AUX DAMES

DE TOUTES LES CROYANCES,

QUEL QUE SOIT LE RANG QU'ELLES OCCUPENT

DANS TOUTES LES NATIONS CIVILISÉES.

***

Mesdames,

C'EST toujours avec réserve et circonspection que l'on doit s'enquérir de ce qui vous concerne; je me plais à croire cependant que je ne m'expose à aucun reproche de votre part en me permettant de vous offrir, à titre d'hommage, la Dédicace de ma Tragédie de RÉBECCA, *ou* LE JUGEMENT DE DIEU, tirée du plus intéressant épisode du beau roman semi-historique, IVANHOÉ, chef-d'œuvre du célèbre sir WALTER SCOTT, c'est-à-dire celui de tous ses ouvrages qui a le plus contribué à sa brillante réputation littéraire.

En proposant une souscription pour subvenir aux frais d'un monument que ses compatriotes d'Edimbourg, en Écosse, ont le bon esprit d'élever à son honneur, les journaux qui mentionnent cette annonce, disent simplement *que ce monument sera édifié à la mémoire de l'illustre auteur d'*IVANHOÉ.

Cet ouvrage est donc, comme je l'ai dit, le chef-d'œuvre de sir WALTER SCOTT, reconnu aujourd'hui pour le premier écrivain de notre époque dans le genre fictif, qui se rapproche le plus de la vérité et du vraisemblable.

S'il en est ainsi, et s'il est vrai qu'IVANHOÉ soit le meilleur roman contemporain, il est également constant que la jeune RÉBECCA y joue le plus beau comme le plus noble rôle au milieu de personnages de la plus haute importance, et qu'ainsi c'est une héroïne qui figure au premier rang dans tous nos romans modernes, si répandus de nos jours, et qui captivent l'admiration lorsqu'ils sont écrits par des auteurs dont la réputation se rapproche de celle du célèbre sir WALTER SCOTT.

Ce motif, MESDAMES, m'a déterminé à vous offrir l'hommage de ma Tragédie; c'est une personne de votre sexe, modèle d'honneur, de vertu et de courage qui me l'a inspiré, et c'est aussi sur vous que je compte pour lui donner le relief et l'importance qu'elle doit obtenir, si toutefois j'ai été assez heureux pour ne pas être au-dessous de mon sujet, et si enfin j'ai eu le bonheur de réussir dans mes vers à vous remémorer, d'une manière agréable et gracieuse, ce charmant épisode du plus beau poëme connu et admiré non seulement de tous les littérateurs, mais encore de toutes les personnes qui se font une récréation de la lecture.

Il ne me convient pas de faire l'éloge de mon ouvrage pour solliciter votre gracieuse bienveillance en sa faveur; cependant, sans être présomptueux, je me persuade que vous y trouverez des scènes intéressantes de même que des tirades qui ne sont pas sans mérite; mais vous y remarquerez toujours la touche du grand écrivain, les traits saillants du maître dont on se rappelle le souvenir, comme on conserve les émotions que l'on éprouve à la vue d'un tableau distingué et à grand effet.

La tragédie de RÉBECCA, *ou* LE JUGEMENT DE DIEU, a l'avantage inappréciable que le motif en est sublime, que, sous ce rapport, elle égale, si elle ne dépasse tout ce qui a été traité de mieux au théâtre, et qu'enfin la morale en est pure et magnifique dans toute la force de ces deux expressions. Indépendamment de ces brillantes qualités, de nature à produire dans la représentation les plus agréables sensations dans l'ame, et les meilleurs résultats sur

la jeunesse, cette pièce est encore remarquable par
ses personnages, chevaliers du fameux ordre du
Temple, par ses décors, ses cérémonies et un tournois.

Les 3ᵉ et 5ᵉ actes sont peut-être uniques dans
leurs genres : l'un représente la séance d'un tribunal
présidé par le Grand-Maître de l'ordre du Temple,
dans lequel sont dépeintes des situations marquantes;
l'autre est le simulacre d'un tournois, où toutes les
cérémonies de l'ancienne chevalerie sont observées,
et qui se termine par une touchante invocation à la
Divinité, en action de grâces sur le résultat du
combat.

Le 4ᵉ acte, le plus dramatique, renferme une particularité remarquable : moins elle sera observée,
plus elle aura de mérite pour les personnes aux-
quelles elle échappera; c'est une énigme dont le mot
sera découvert à première vue par les littérateurs.

Quant aux deux premiers, qui se rapprochent le
plus des usages de la scène, ils sont intéressants,
le premier par l'exposé du motif de la pièce, le second par les détails qu'il renferme sur les mœurs au
moyen âge dans le fameux ordre du Temple, si re-
nommé à cette époque.

Voilà, MESDAMES, l'analyse succincte de la tragédie dont j'ai l'honneur de vous offrir l'hommage :
puissiez-vous l'accueillir avec le plaisir, le zèle et
l'enthousiasme que j'éprouve en vous l'offrant, par

celte seule raison qu'elle caractérise, d'une manière marquante, la grande ame et tout ce dont est capable une femme, lorsqu'elle a pour guide la religion bien comprise, l'abnégation de RÉBECCA, et son dévouement pour tolérer, aider et soulager le prochain.

WALTER SCOTT, en traitant son sujet, l'a embelli de ce que nous appelons les Fleurs de la Rhétorique; mais dans IVANHOÉ, comme dans tous ses ouvrages, il s'est constamment attaché à narrer des faits positifs : il puisait à des sources dont les eaux, quoique bonnes, n'étaient pas toujours claires; mais il savait les purifier pour en faire des parfums en les passant à l'alambic de son beau talent.

Honneur donc, puisque l'histoire de RÉBECCA n'est pas controuvée, honneur à la nation d'où est sortie notre héroïne, d'autant plus intéressante qu'elle vivait à une époque où l'adversité et l'intolérance pesaient de tous leurs poids sur le peuple juif.

Enfin, MESDAMES, comme je l'ai dit, quel que soit votre rang social, si votre pays se ressent des bienfaits de la civilisation, ma Dédicace est à votre adresse ; c'est un témoignage de ma considération pour votre sexe, et je compte sur votre bienveillante indulgence, de même que sur celle de MM. les littérateurs, pour excuser les imperfections de ma Tragédie, en vous faisant remarquer cependant que le grand CORNEILLE et l'illustre RACINE ayant été

tous deux très-justement censurés, je recevrai, avec
la plus parfaite reconnaissance, toutes les remarques,
quelque satyriques qu'elles soient, sur les défauts de
mon ouvrage, par cette raison toute naturelle qu'elles
me serviront de limes pour polir un nouveau poëme
que je me propose de publier, dans le cas seulement
où la Tragédie de RÉBECCA, mon premier essai, serait favorablement accueillie.

*Agréez les très-respectueuses salutations
avec lesquelles j'ai l'honneur d'être,*

MESDAMES,

votre très-humble Serviteur.

FLORET.

RÉBECCA.

Le type vertueux de cette Israëlite,
Doit plaire à toute femme, au laïque, au lévite.

PERSONNAGES.

***

Tous les personnages de l'ordre du Temple portent le costume de cet ordre.

LUCAS DE BEAUMANOIR, Grand-Maître de l'ordre.

CONRAD, Commandeur, confident du Grand-Maître.

ALFRED MALVOISIN, Commandeur, gouverneur de la Commanderie de Templestowe.

BOIS-GUILBERT, Chevalier, ami et confident de Malvoisin.

IVANHOÉ, Chevalier laïque.

RÉBECCA, fille juive d'une famille opulente.

URFRIDE, ancienne gouvernante dans la Commanderie, devient la confidente de Rébecca.

Un CHEVALIER de l'ordre, qui porte la parole une seule fois dans le troisième acte, d'une seule scène.

ISAAC, juif, père de Rébecca.

Un second CHEVALIER, faisant les fonctions de greffier du tribunal dans le troisième acte.

WILLAMS,
HERVÉ,
GALBI,
MULAY,
} Témoins dans le troisième acte.

Un HÉRAUT-d'ARMES, un Frère servant.

FIGURANTS.

Un Porte-Étendard, Chevaliers, Aspirants, Écuyers, Gardes, Peuple, une escouade de quatre nègres et son chef.

***

La Scène est à la Commanderie de l'ordre des Templiers, à Templestowe (Angleterre).

RÉBECCA,

ou

LE JUGEMENT DE DIEU.

ACTE PREMIER.

Le théâtre représente une salle de réclusion. Sur le fond se trouve une fenêtre avec un large et vaste balcon.

SCÈNE PREMIÈRE.

URFRIDE (seule).

C'EN est fait pour jamais du bonheur de ma vie,
Mes beaux jours écoulés, je me vois asservie.....
   Cédons à mon destin, à la nécessité,
Il n'est contre le temps aucune autorité;
Tout fléchit sous ses lois, et sa haute puissance
Ne trouve sur la terre aucune résistance.
   Si, du moins, jeune encore, au temps de ma splendeur,
J'avais su pressentir ce torrent destructeur,
Ce ravage des ans dont je suis la victime,
J'aurais pu, sans effort, éviter cet abyme
Où je me vois plongée, en perdant tout espoir
De revoir en ces lieux refleurir mon pouvoir.
   Dans mon pénible état, voisin de l'indigence,
Que ne puis-je, en ce jour, assouvir la vengeance

D'une femme outragée et qui ressent au cœur
Les meurtriers affronts d'un traître suborneur.
Que ne puis-je! Grand Dieu!.....

SCÈNE II.

URFRIDE, RÉBECCA.

URFRIDE (à part).

Quelle est donc cette fille
Dont le maintien décèle une noble famille ?
Elle ne vient ici que pour combler mes maux,
Les rendre plus cruels, m'en créer de nouveaux.
(Jetant sur Rébecca un regard de côté).
Oui, oui, sans le chercher, son but, je le devine;
Ces yeux doux et brillants, plus je les examine,
Me disent, sans parler, pourquoi dans ce séjour
Elle vient habiter..... Je me trompe à mon tour:
Cet air si gracieux dénote l'innocence.
Voyons si je pourrai gagner sa confiance.
(S'adressant à Rébecca).
Vous paraissez, Madame, en proie à la douleur;
Ce séjour, en effet, est celui du malheur :
Une dame, il est vrai, peut le rendre prospère.

RÉBECCA.

Pardon!..... Ayez pitié!..... Ma douleur est amère!

URFRIDE.

Si mon pressentiment, Madame, était réel,
Vous seriez un enfant des Tribus d'Israël.

RÉBECCA.

Hélas! oui, j'en conviens, je sors de cette race,
Malheureuse toujours, et toujours en disgrâce,
Pour avoir abusé des biens et des présents
Que le ciel répandit sur nos premiers parents.
Pour l'amour du vrai Dieu qui connaît mes souffrances,

Découvrez-moi le but de tant de violences.
Désire-t-on ma mort ? Ah ! je puis l'assurer,
Je m'offre en holaucaste à Dieu, sans murmurer.

URFRIDE.

Attenter à vos jours ! Ah ! n'ayez nulle crainte.
Dans ce triste séjour, une telle contrainte
N'est point à redouter. Nos maîtres sont civils,
On ne court avec eux de semblables périls.
En contemplant vos traits, l'ensemble de vos charmes,
On peut rire, en effet, de vos vaines alarmes.

RÉBECCA.

Au nom du Tout-Puissant, daignez me protéger.

URFRIDE.

Je ne puis avec vous, ici, que m'affliger.
Il en est de ces lieux ainsi que de la vie;
On en connaît l'entrée et jamais la sortie.
Je ne vois plus pour nous de consolation
Que celle de penser à la punition,
Au juste châtiment qui suit de près le crime;
Croyez-le cependant, en cet affreux abyme
Je saurai vous servir, du moins si je le puis.
Je ne vous dirai pas, Madame, qui je suis,
Le récit serait long, et le devoir m'appelle;
Je ne tarderai pas à vous prouver mon zèle.
Adieu !.....

RÉBECCA.

..... Ah ! par pitié ! demeurez près de moi,
Ne m'abandonnez pas dans ce moment d'effroi.

URFRIDE.

Victime, ainsi que vous, croyez à ma parole,
Vous servir aujourd'hui me plaît et me console ;
Cette seule pensée est pour mon avenir
Un motif consolant de joie et de plaisir.

Avant de vous quitter, oui, recevez, Madame,
Mon serment d'être à vous, de tout cœur, de toute ame.

(Elle sort).

SCÈNE III.

RÉBECCA.

(Elle contemple d'abord toutes les parties de la salle).

Où suis-je, infortunée! et quels desseins secrets
Enfantent contre moi ces sinistres apprèts!.....
    J'étais heureuse au sein de ma chère famille,
Telle que le peut être une innocente fille,
Révérant un bon père accablé sous les ans,
Aux pauvres je portais des soins compatissants.
Soumise avec respect à l'observance sainte,
Pour honorer mon Dieu, que j'adore sans feinte,
Enfin je ne rêvais que la paix, le bonheur;
Et cependant, hélas! ô comble de l'horreur!
Au mépris de nos lois, comme un homme rebelle,
Un profane, un fripon, chose atroce et réelle!
En esclave on m'arrache aux bras de mes parents,
Plus encore à mon père au déclin de ses ans.
    Il n'est que vous, Grand Dieu! pour percer ce mystère,
Éclairer ce chaos d'un rayon de lumière.
    Infortunés enfants des Tribus d'Israël,
Serons-nous donc toujours les réprouvés du ciel!
Si j'éprouve aujourd'hui ce terrible anathème,
Ma foi me soutiendra, toujours elle est la même;
Oui, je peux sous son poids succomber à mon sort:
Mais l'honneur avant tout, et, s'il le faut, la mort.
    Ayez pitié, Seigneur, de mon malheureux père!
Ah! daignez mettre un terme à l'affreuse misère
Qui mine sourdement et partout nos Tribus;
Que l'heureux temps enfin, promis à vos élus,
Rende le peuple juif à vos vœux unanime,
Et que Rébecca soit sa dernière victime.

SCÈNE IV.

RÉBECCA, BOIS-GUILBERT.

RÉBECCA.

Seigneur, en ce réduit si vous daignez me voir,
Mon pitoyable sort pourra vous émouvoir.

BOIS-GUILBERT.

Madame, à vos malheurs joignez la patience,
Ils cesseront bientôt, et prenez confiance ;
Celui qui de son bras vous a conduit ici,
Peut-être à vos genoux demandera merci.

RÉBECCA.

Seigneur, venant de vous, ce singulier langage,
Quand il s'adresse à moi, n'est qu'un vain étalage ;
A l'aspect des périls qu'ici, seule, je cours,
Non, je ne comprends pas un semblable discours.
De mon malheureux sort expliquez-moi la cause :
Pourquoi me renfermer ? Ai-je fait quelque chose ?.....

BOIS-GUILBERT.

Prompt à vous obéir, Madame, j'y consens :
Une explication, comme vous, je le sens,
Dans ce triste séjour doit vous être bien chère ;
Je dois vous la donner et précise et sincère ;
Puis vous pourrez juger, en me connaissant mieux,
Du motif pour lequel vous êtes dans ces lieux.
Je vais donc en deux mots contenter votre envie.
Vous vous le rappelez, j'ai sauvé votre vie
Du plus affreux danger en exposant mes jours ;
Oui, j'ai bravé la mort pour vous porter secours ;
Je puis donc, Rébecca, compter sur la puissance,
La magnanimité de la reconnaissance,
Et, sans me flatter, croire à votre dévouement.

2

RÉBECCA.

Seigneur, expliquez-vous, parlez plus clairement.

BOIS-GUILBERT.

En digne Chevalier, issu de haut lignage,
Le noble Bois-Guilbert, sans fard dans son langage,
Sur ses intentions, enfin pour vous fixer,
Vient vous offrir son cœur, daignez en disposer.

RÉBECCA.

L'offre de votre cœur est par trop importante,
Je suis loin de pouvoir répondre à votre attente.
Qu'avons-nous de commun? Seigneur, nous n'avons rien;
Je suis Israëlite, et vous êtes Chrétien.
Les lois de votre culte, avec notre croyance,
Seront toujours pour nous une barrière immense:
Le flambeau de l'hymen ne peut briller pour nous.

BOIS-GUILBERT.

Vous épouser, Grand Dieu! Madame, y pensez-vous?
Non, non, je ne le puis; notre ordre nous enchaine:
Mon cœur vous appartient; mais quand vous seriez reine,
Dans les nœuds de l'hymen je ne puis me lier,
J'en ai formé le vœu pour être Templier;
Vous en voyez la croix.

RÉBECCA.

                    Osez-vous d'un tel signe
En appeler ici; profaner cet insigne?

BOIS-GUILBERT.

A ce signe sacré vous n'ajoutez pas foi:
Pourquoi vous émouvoir? A quoi bon cet effroi?

RÉBECCA.

J'en conviens, ma croyance est celle de nos pères;
Si nous nous égarons par de folles chimères,

A nos intentions Dieu pourra pardonner ;
Mais quant à vous, Seigneur, ah! comment discerner
Ce que vous pouvez croire, alors que sans contrainte,
Vous-même en appelez, sans remords ni sans crainte,
A cette même croix, ce symbole sacré,
Pour éluder un vœu que vous avez juré.

BOIS-GUILBERT.

Oui, vos traits sont piquants pour une Israélite,
De tout le peuple juif je vois en vous l'élite ;
Mais, Madame, écoutez. Les tristes préjugés
Dans lesquels vos Rabbins se trouvent engagés,
Dérobent à vos yeux nos heureux privilèges ;
Les braves Templiers deviendraient sacrilèges
Dans les liens de l'hymen ; mais ils peuvent toujours
Concilier l'honneur, les armes, les amours.
Qui pourrait en douter? Madame, nous ne sommes,
Avec tous les humains, rien autre que des hommes;
Le grand roi Salomon, ce héros d'Israël,
Révéré parmi vous comme un sage mortel,
Sur ce point délicat nous a donné l'exemple;
Nous marchons sur ses pas pour défendre son temple.

RÉBECCA.

Vous parlez avec art pour vous justifier ;
Mais si parmi les saints vous allez épier
Les moyens de blanchir votre indigne conduite,
Seigneur, convenez-en, vous marchez à la suite
De tous ces novateurs cherchant de cent façons,
Dans une plante saine à trouver des poisons.

BOIS-GUILBERT.

Madame, encore un mot : vous êtes ma captive;
Et si réellement cette prérogative,
Ce droit d'un maître enfin ne peut vous émouvoir,
Je saurai, s'il le faut, vous soumettre au devoir.
Si je vous ai conquise à l'épée, à la lance,

Pour me faire obéir, je puis, sans indulgence,
Régler vos actions au gré de tous mes vœux :
Vous êtes sous ma main, je vous tiens dans mes nœuds;
En esclave soumise, oui, vous devez souscrire
Aux ordres que je puis dans ces lieux vous prescrire :
Mais du moins devant moi soyez sans vanité,
Dans votre état on cède à la nécessité.

RÉBECCA.

Avant de te souiller d'un crime abominable,
Monstre, écoute la voix d'une femme indomptable,
Qui saura tout braver pour conserver l'honneur ;
Tu peux river mes fers, mais non fléchir mon cœur.
Si pour me subjuguer tu me traites en maître,
Tu pourras, mais trop tard, apprendre à me connaître ;
Je publierai partout tes excès criminels,
Ma voix retentira jusque sur les autels ;
Oui, tous les Commandeurs, les Chevaliers de l'ordre,
De honte rougiront de ton affreux désordre ;
Et si ton attentat ne les faisait frémir,
Ils te maudiront tous en le voyant trahir
Ce signe de l'honneur, cette croix vénérable,
Par un amour impur, inique, abominable,
Pour une Israélite, un être délaissé,
Pour un enfant du peuple et d'un peuple abaissé.

BOIS-GUILBERT.

[prendre,
Vos desseins sont charmants, mais vous devez com-
Que pour me diffamer il faut se faire entendre :
Nul étranger ne peut approcher de ces murs,
Et ces donjons fameux sont discrets et bien sûrs.
Ni vos gémissements, ni vos chétives plaintes,
Ne peuvent m'ébranler ni m'inspirer des craintes ;
Vous ne pouvez sortir de ces funestes lieux,
Qu'à la condition de souscrire à mes vœux.
Suivez la loi du sort, embrassez ma croyance,

Notre religion vaut cette préférence :
Victorieuse alors, vous captivez ce cœur,
Opiniâtre en amour, mais fidèle à l'honneur.

RÉBECCA.

Me soumettre au destin ! embrasser ta croyance !
Quel destin ! juste ciel ! et quelle confiance
Peut inspirer le Dieu d'un homme tel que toi !
Vas, mon cœur me le dit, telle est du moins ma foi.
Le noble Bois-Guilbert n'est au fond qu'un vrai lâche,
Malgré lui j'aperçois le venin qu'il me cache ;
Mais je redoute peu son indigne courroux :
Le vrai Dieu d'Abraham saura bien entre nous
Protéger l'innocence ; il lui sera facile
De m'éloigner bientôt de cette infâme asile.

(Elle court à la fenêtre au fond du théâtre, et pénètre au balcon
    pour se précipiter. Se tournant du côté de Bois-Guilbert, elle
    dit) :

Ne bouges d'un seul pas, déloyal chevalier ;
Ce gouffre sous mes pieds je puis te défier :
Je méprise la mort, j'abhore l'infamie !

BOIS-GUILBERT.

En grâce ! Rébecca, sortez, je vous supplie !
Oui, sortez de ce lieu ; j'en jure sur ma croix,
Comptez sur mon honneur, pour moi la loi des lois.

RÉBECCA.

Je ne puis me fier à ces vaines promesses,
Fausser tous vos serments, c'est pour vous des prouesses ;
Manquer à celui-ci serait un jeu pour vous :
Quand vous méprisez ceux que l'on fait à genoux,
En face des autels, pouvez-vous être juste ?

BOIS-GUILBERT.

Rébecca, je promets sur ma parole auguste,
Par ma croix, par mon nom, enfin par mes aïeux,
De vaincre cet amour qui vous est odieux.

Que mon nom soit flétri, que l'on brise mes armes,
Si je vous cause ici de nouvelles alarmes :
Si j'ai faussé mes vœux formés sur les autels,
j'ai tenu mes serments, ils seront éternels.

RÉBECCA (s'éloignant d'un pas de la plateforme du balcon.)

Voilà jusqu'où je puis donner ma confiance :
Si vous cherchez d'un pas à rompre la distance
Qui nous sépare encor, c'en est fait pour toujours,
Ce jour sera pour moi le dernier de mes jours.

BOIS-GUILBERT.

Croyez à ma promesse, et qu'une paix sincère
Se conclue entre nous.

RÉBECCA.

A cette paix j'adhère :
Mais, avec vous, Seigneur, hélas! puis-je y compter?

BOIS-GUILBERT.

Ah ! ne craignez plus rien, je saurai me dompter.
Le ciel ne me fit pas ce que je parais être,
Puisque vous ne voyez en moi qu'un fourbe et traître;
Une femme a semé dans mon cœur ces défauts,
Qui font descendre l'homme au rang des animaux.
Je fus, pendant longtemps, aux Chevaliers du Temple,
De constance en amour cité comme un exemple.
Idôle de mon ame, Adèle Montenard,
Occupait mon esprit jusque sur le rempart
De l'antique Byzance, et partout où la gloire
Appela nos drapeaux aux champs de la victoire :
J'ai répandu mon sang, enfin j'ai combattu
Pour rendre un pur hommage à sa fausse vertu.
Et lorsque mon cœur, plein de cet amour extrême,
Brûlait des plus beaux feux, cette ingrate elle-même
Dans des nœuds étrangers s'engage indignement;
Je voulus me venger, et j'en fis le serment.

Mais, hélas ! ma fureur, retombant sur ma tête,
Dans mon cœur outragé produisit la tempête :
Mon esprit éperdu, depuis ce jour affreux,
M'a rendu méfiant, farouche, soucieux ;
Et bientôt, en mon ame, aux douceurs de la vie
Succéda tour-à-tour et la haine et l'envie.
Dans ce débat cruel d'ennuis et de tourments,
La gloire a réveillé mes nobles sentiments :
« De la soif des grandeurs mon ame est altérée,
« L'ambition la ronge, elle en est dévorée ;
« Le reste ne m'est rien. » Rébecca, vous savez
Mépriser le trépas pour l'honneur, c'est assez.
D'un grand cœur à ce trait je reconnais le signe,
Des plus hautes faveurs à mes yeux il est digne ;
Ne vous effrayez point, vous devez être à moi,
Vous plaire désormais est mon unique loi.
Oui, je me donne à vous, sans aucun stratagème,
Quand aux conditions, j'en réfère à vous-même ;
Avant de me répondre, écoutez mes projets.
    Les nobles Templiers ne sont que les sujets
D'un corps assez puissant pour gouverner la terre,
Et commander aux rois par les lois de la guerre :
Le simple Chevalier sans doute ne peut rien ;
Mais un jour je pourrai détacher le lien
Qui me tient dans les rangs de la noble milice :
On connaît mes exploits, et l'on m'en rend justice.
Je puis donc me flatter d'être un jour commandeur,
Ma lance me conduit à ce poste d'honneur.
Investi du pouvoir, à la tête des braves,
Ce bras que vous voyez brisera les entraves
Pour m'élever bientôt au rang des potentats :
A l'ordre de la Croix j'enchaîne les états.
Parlant au nom du ciel, en faisant quelque aumône,
J'unis à ma puissance et l'autel et le trône ;
Enfin, flottant partout, mon superbe étendard
Sera le précurseur des haut-faits d'un César.

Pour partager ma gloire il ne me faut qu'une ame
Ardente, valeureuse, et brûlant de la flamme,
De cette noble ardeur d'un grand cœur éprouvé,
Rébecca, ce héros, en vous, je l'ai trouvé.

RÉBECCA.

Grand Dieu ! que dites-vous ? une chétive fille
Des Tribus d'Israël, sans nom et sans famille ?

BOIS-GUILBERT.

Ne m'entretenez pas de ces divisions
Qui séparent toujours nos deux religions.
Nos pieux fondateurs, plongés dans l'ignorance,
N'ont souffert en tous lieux que leur seule croyance.

(On entend en ce moment le son d'un cor).

Mais notre ordre aujourd'hui, pour de plus nobles fins,
Dirige son pouvoir sur de nouveaux chemins.
Nos grands biens, répartis dans les états d'Europe,
Ont fait naître un projet qu'un mystère enveloppe,
Dont ne se doutaient pas nos dévots fondateurs,
Tout-à-fait étrangers à la gloire, aux grandeurs.

Le son de l'instrument que vous venez d'entendre,
Me rappelle au devoir. Je pars, je vais m'y rendre,
Puisque nos différents sont enfin terminés.
Je ne demande pas si vous me pardonnez ;
Je n'eus jamais connu votre grand caractère
Sans ce beau dévouement d'une vertu sévère,
Qui pouvait nous donner le trépas à tous deux :
Dans un autre entretien, qui sera plus heureux,
De mon affection, en vous donnant un gage,
J'espère en dévoiler à vos yeux l'avantage.
Adieu ! Madame, Adieu ! De noble chevalier,
Je ne suis plus pour vous qu'un très-humble écuyer.

(Il sort.)

SCÈNE V.

RÉBECCA (seule.)

L'approche de la mort m'a bien moins consternée
Que l'irréligion, la triste destinée
De ce monstre à mes yeux, où l'honneur cependant
Se remarque et conserve un suprême ascendant.
Oui, malgré ses fureurs dont je suis la victime,
J'admire son audace et son ton magnanime.
Dans ce mélange impur d'horreur, de loyauté,
La vertu s'unit donc à la perversité.

SCÈNE VI.

RÉBECCA, URFRIDE.

URFRIDE.

Ah ! Madame, à vos yeux si je suis étrangère,
J'honore, croyez-le, votre beau caractère ;
Connaissant vos malheurs et votre anxiété,
Funeste résultat de la méchanceté,
D'un héros fastueux, qui n'est pour vous qu'un traître,
Et qui vient à vos yeux de se faire connaître,
Sachant que sans espoir, fidèle à la vertu,
Pour votre honneur ici, vous avez combattu ;
N'ayant sous les verroux, pour unique défense,
Que cette fermeté de la belle innocence,
Dont l'empire toujours fait frémir les méchants,
Je viens, du meilleur cœur, en suivant mes penchants,
Et selon ma promesse, en votre solitude,
Vous offrir et mon zèle et ma sollicitude,
Pour vous soustraire aux mains de ces intolérants,
Religieux sans foi, des faibles les tyrans.
A tous mes vœux le ciel déjà paraît sensible,
Je puis vous en donner une preuve visible ;
Sav... se faire annoncer, le Grand-Maître en ce jour
Arrive à Templestowe.

RÉBECCA.

Ici ! dans ce séjour !
Et vous pourrez, Madame !....

URFRIDE.

Oui, je saurai du crime
Dévoiler à ses yeux l'auteur et la victime :
Contre tous ces pervers rien n'est à ménager,
J'ai moi-même avec vous des affronts à venger.
Ces tyrans orgueilleux trouveront donc un maître ;
A leurs devoirs le ciel veut enfin les soumettre.
De ce bazard heureux nous devons profiter,
Madame, à notre tour, on doit nous redouter.

RÉBECCA.

Dois-je me réjouir de cette confidence
Qui me fait entrevoir une heureuse assistance ?

URFRIDE.

On doit tout espérer quand on est innocent.

RÉBECCA.

Le Grand-Maître, en effet, est ici tout-puissant ;
S'il connaît mes malheurs il peut m'être propice.

URFRIDE.

Madame, nous pouvons compter sur sa justice,
Si je puis réussir, à l'aide de mes soins,
A dessiller ses yeux, et surtout sans témoins :
Mais pour y parvenir, et quoique impatiente,
Dans ce cas important, je dois être prudente,
Et vais suivre ses pas.

RÉBECCA.

Je crains qu'à votre ardeur,
Surtout, en vous hâtant, ne succède un malheur.

URFRIDE.

Dans ce moment suprême, il faut agir de suite ;
Faites des vœux au ciel pour notre réussite.

(Elle sort).

SCÈNE VII.

RÉBECCA (seule).

Le Grand-Maître du Temple aujourd'hui dans ces murs !
Que dois-je en espérer ? ses desseins sont-ils purs ?
Funeste anxiété, tu me rends méfiante !
Pourquoi ne pourrait-il répondre à mon attente,
Venir à mon secours, alléger mes douleurs,
Tous les hommes sont-ils des fourbes, des menteurs ?
Non, non ; mais avant tout, et selon mon usage,
Ne recourons qu'à Dieu si je veux être sage.

(Levant les mains au ciel).

Ayez pitié ! seigneur, d'un enfant de Sion,
Qui réclame en péril votre protection !
Ah ! j'entrevois déjà la puissante assistance
Et les divins effets de votre providence ;
Mais pour combler mes vœux, terminer mes malheurs,
Daignez me délivrer de ce gouffre d'horreurs.

FIN DU PREMIER ACTE.

ACTE DEUXIÈME.

Le théâtre représente une salle de réception.

SCÈNE PREMIÈRE.

BEAUMANOIR, CONRAD.

BEAUMANOIR.

Conrad, cher, compagnon de mes courses lointaines,
Tu connais dès longtemps mes travaux et mes peines;
Ce n'est que dans ton sein que je puis déposer
Mes chagrins de nature à ne jamais cesser.
En te les retraçant, du moins je me soulage:
C'est toujours un bonheur, et surtout à mon âge.
Depuis notre arrivée en ce funeste lieu,
Crois-le, mon cher Conrad, je ne demande à Dieu
Que d'abréger enfin ma misérable vie.
Dans ce triste séjour rien ne me fait envie,
Si ce n'est ces tombeaux de nos preux chevaliers
Dont la cendre repose à l'ombre des lauriers;
Ils ne courent du moins plus avec moi la chance
De voir ici tomber notre ordre en décadence.

CONRAD.

Très révérend Grand-Maître, oui, nous devons gémir;
L'impiété croissant nous fait pour l'avenir
Un tableau désastreux.

BEAUMANOIR.

De nos grandes richesses,
Conrad, voilà le fruit; de toutes nos prouesses

L'effet le plus funeste est la cupidité :
On ne voit parmi nous que cette avidité
Qui dégrade, avilit, et conduisant au crime,
En nous voilant les yeux, nous plonge dans l'abyme.
Nos chevaliers partout se sont tant abaissés,
Qu'ils ne sont plus pour moi que de vrais insensés.
Hélas ! si j'en excepte avec vous quelques frères,
Pour les autres nos lois ne sont que des chimères :
Vous le savez, Conrad, nous ne devons porter
Ni plumes, ni brillants, et ne rien ajouter
Au costume prescrit ; mais les soldats du Temple,
Pour le luxe et l'éclat sont cités comme exemple :
Sans honte, sans pudeur, les livres défendus,
Les plus mauvais écrits sont par eux répandus ;
Et ne connaissant plus le frein de l'abstinence,
Ils se font remarquer par leur intempérance.
Que dis-je ? Ah ! plût à Dieu que ces relâchemeuts
De toute discipline, au mépris des serments,
Soient les seuls à blâmer : j'ai honte de le dire ;
Mais sur des maux plus grands dans le ciel on soupire ;
Les ames de Payen, de Godfroy le vaillant,
Nos pieux fondateurs, frémissent en voyant
De ce désordre affreux les preuves dissolues ;
Ces ombres, dans la nuit, Conrad, je les ai vues :
« Frère, m'ont-elles dit, tu dors, réveilles-toi ;
« Dans tes donjons souillés, tes Chevaliers sans foi,
« Qui doivent fuir surtout le regard de la femme,
« Vivent ouvertement dans une impure flamme,
« Et jusque sous ton toît ces chrétiens monstrueux,
« Dans le sang des proscrits se font incestueux !!! »
Puis, m'ordonnant soudain d'en délivrer la terre,
Je me suis éveillé comme au bruit du tonnerre.

   Pour répondre à cet ordre à mes yeux évident,
Je veux me prévaloir de tout mon ascendant ;
Oui, je l'accomplirai par le fer et les flammes,
Sans pitié mon courroux atteindra les infâmes.

CONRAD.

A vos intentions, Grand-Maître révéré,
J'adhère et reconnais qu'au mal invétéré
Nous devons, sans retard, apporter un remède;
Mais craignons qu'à ce mal un autre ne succède,
Si, pour nous garantir, par un excès d'ardeur,
Nous nous servons trop tôt des voies de la rigueur.
Ce que vous désirez est juste et salutaire,
Une réforme doit dans tout l'ordre se faire;
Mais pour l'effectuer agissons prudemment,
Ou nous perdons le fruit de notre dévouement.

BEAUMANOIR.

Dans ma position, en ce moment de crises,
Quand l'esprit infernal avec nous est aux prises,
Tous les moyens sont bons pour s'en purifier;
La Providence est là pour nous justifier.

Tous nos prédécesseurs avec leurs âmes pures,
Se sont faits des amis, et sur des bases sûres
Ont fondé leur pouvoir en propageant la foi;
Nos Frères, en ce jour, au mépris de la loi,
Par le luxe et l'orgueil détruisant leur puissance,
Des ennemis de l'ordre accroissent l'insolence.
Sachons de ce fléau, qui va nous engloutir,
Arrêter le torrent; et pour l'anéantir
Ranimons parmi nous ces coutumes austères
Qui firent si longtemps respecter nos bannières:
Imitons nos aïeux, ou bien, oui, j'en frémis,
Tout est perdu pour nous, Conrad, je le prédis.

CONRAD.

Hélas! puisse le ciel, dans sa bonté suprème,
Détourner ce malheur!

BEAUMANOIR.

Je l'espère moi-même;
Mais d'abord rendons-nous digne de son secours.

Déjà, je vous l'ai dit, je le dirai toujours,
Les puissances du ciel, ni celles de la terre,
Ne peuvent plus longtemps endurer cette guerre
Dans laquelle on se rit de la divinité
Par le déréglement et la perversité.
Le terrain sur lequel s'élève l'édifice
De notre ordre sacré, miné par l'artifice,
Croule de toutes parts ; et plus nous ajoutons
A ces biens temporels, et plus nous le chargeons
D'un poids qui doit hâter sa chûte inévitable.
Revenons sur nos pas ; ce retour honorable
Est le moyen puissant qui nous reste aujourd'hui
Pour calmer le Seigneur, mériter son appui.
De l'étendard du Christ soyons soldats fidèles,
Déposons à ses pieds nos passions rebelles ;
Que ce luxe orgueilleux, fils de la vanité,
Que ces sordides gains, nés de l'avidité,
Que les plaisirs impurs, pères de tous les vices,
Des malheurs de nos temps les plus puissants complices,
Parmi nous désormais ne soient plus tolérés ;
Nos Chevaliers alors en tous lieux révérés,
De leurs dignes aïeux suivant la noble voie,
Des suppôts de l'enfer ne seront plus la proie.

SCÈNE II.

LES PRÉCÉDENTS, UN FRÈRE SERVANT.

LE FRÈRE.

Un Juif est à la porte et demande à parler
Au frère Bois-Guilbert.

BEAUMANOIR (parlant au frère).

Avant de l'appeler,
Tu fais bien de m'instruire, et la règle l'ordonne :
Le Grand-Maître présent, son pouvoir l'environne.
Depuis le Commandeur jusqu'aux derniers valets,

Il doit les surveiller, ils sont tous ses sujets.
Il m'importe aujourd'hui d'éclairer la conduite
Du frère Bois-Guilbert.

CONRAD.

Les hommes de sa suite
Le proclament ici comme un vaillant guerrier.

BEAUMANOIR.

Certes, sur sa bravoure, oui, l'on peut se fier.
La valeur de nos jours est encore la même,
Tout le monde en convient ; et sur ce point suprême
Nous ne dérogeons pas à nos prédécesseurs.
Bois-Guilbert, je le sais, aigri par des malheurs,
Dans l'ordre fut admis par son droit de famille ;
Son mérite est marquant ; oui, je l'avoue, il brille
Dans le Temple aujourd'hui ; mais on le voit toujours
Parmi les mécontents, et dans tous ses discours,
Il tend à comprimer, restreindre ma puissance.

(Parlant au frère.)

Damien, amenez ce Juif en ma présence.

SCÈNE III.

BEAUMANOIR, CONRAD.

BEAUMANOIR.

Je ne dois pas, Conrad, de mon autorité,
Laisser choir de mes mains la haute dignité :
Telle je l'ai reçue, ainsi je veux la rendre,
Et pour la conserver je saurai la défendre ;
Mais si de mon pouvoir vous me voyez jaloux,
Croyez qu'il m'est cruel d'exercer mon courroux.

SCÈNE IV.

LES PRÉCÉDENTS ET ISAAC

présenté par le Frère servant, qui reste sur la scène, à l'écart.

BEAUMANOIR.

Juif, écoute-moi bien, mon temps et mes paroles
Ne doivent pas se perdre en matières frivoles;
Tu vas donc devant moi t'expliquer clairement:
Dis-moi la vérité, sans nul déguisement.
Si ta langue mentait, la peine serait telle.....

ISAAC.

Très révérend Seigneur, je.....

BEAUMANOIR (élevant la voix).

Silence, infidelle!....
Apprends que devant nous un Juif ne doit parler,
Si ce n'est pour répondre, et sans dissimuler.
Avec nos Chevaliers, quelles sont tes affaires?
Dis-moi, leur as-tu fait quelques prêts usuraires?
Ne crains rien, je te dis; réponds-nous, hâte-toi.
Tu désires parler à Guilbert, et pourquoi?

ISAAC (montrant une lettre).

Votre humble serviteur, très révéré Grand-Maître,
Vient ici de la part d'un respectable prêtre,
Le prieur de Jorvault, je ne puis le nier,
Pour porter cet écrit au noble Chevalier.

BEAUMANOIR (parlant à Conrad).

Ne le disais-je pas! ô temps trop déplorable!
Un prieur! un abbé! se sert d'un misérable!
Et pourquoi donc, Grand Dieu! pour porter ses écrits!
C'est pour ses confidents qu'il choisit des proscrits.
Dans quel temps vivons-nous!

Parlant à Isaac.

Donne-moi cette lettre,

5

Je me charge du soin de la faire remettre.

(Le Grand-Maître ayant reçu la lettre, l'examine, en lit l'adresse, et se dispose à rompre son cachet).

CONRAD.

Sire de Beaumanoir, romprez-vous ce cachet?

BEAUMANOIR.

Et pourquoi non, Conrad? la règle le permet.
Cette lettre est suspecte, et j'ai droit de la lire;
Personne, je le crois, ne peut me l'interdire.

(Il parcourt à la hâte cette lettre, et une expression d'horreur et de surprise se peint sur son visage. La présentant à Conrad, il dit):

Lisez, mon digne ami, ce sublime entretien
De deux hommes qui sont l'un et l'autre chrétien,
Tous deux voués à Dieu.

(En levant les bras et les yeux au ciel).

De cette zizanie,
De la religion fatale ignominie,
Quand viendrez-vous, Seigneur, séparer le bon grain!

(Conrad ayant pris la lettre, commence à en faire la lecture des yeux).

BEAUMANOIR (à Conrad).

Lisez à haute voix, pour vous et le prochain.

(Le même, à Isaac).

Et toi, sois attentif pendant cette lecture,
Tu pourras m'éclairer dans cette affaire obscure.

CONRAD lit.

« A Bois-Guilbert, Salut. Si je suis bien instruit,
« La fortune toujours en tous lieux vous poursuit;
« Vos exploits sont marquants; et cette belle juive,
« Digne d'un Salomon, entre vos mains captive,
« Fruit de votre valeur dans un combat fameux,
« Est un fait à noter pour nos derniers neveux.

« Tout prend fin cependant , et malgré votre adresse ,

« Dans les jeux , les combats , la fortune traîtresse

« Peut bien , en un moment , d'un seul coup vous dompter:

« Sur le haut de sa roue on doit la redouter.

   « Une arme dangereuse est sur vous suspendue ,

« La main qui doit frapper est chez vous attendue ;

« Le rigoureux dévot , Lucas de Beaumanoir ,

« Arrive à Templestowe , et craignez son pouvoir ;

« Si je vous avertis , c'est afin qu'il vous trouve

« Ce qu'il veut que l'on soit , et que lui seul approuve ;

« Mais pour y parvenir il n'est qu'un seul moyen ,

« Renvoyez Rébecca , vivez en puritain :

« Son bon père Isaac , qui vous rendra ma lettre ,

« Veut payer sa rançon , daignez le lui permettre.

   « Croyez en votre frère.   AYMER, abbé prieur. »

BEAUMANOIR.

Ce langage , Conrad , tout à la fois flatteur ,

Adroit, méchant , ne part que d'une ame perdue ,

Qui parmi les démons est déjà confondue ;

Pour croire à de tels faits , de ses yeux il faut voir ,

Autrement qui pourrait jamais les concevoir?

Cependant cet écrit doit nous servir de guide

Pour combattre le mal aujourd'hui si perfide ,

Terrasser les auteurs de ces crimes divers ,

Et dans ce lieu partout atteindre les pervers.

La fille d'Isaac , dont parle cette lettre ,

De cette Miriam que l'on ne put soumettre ,

Est , je crois , une élève , et je vais le savoir.

   (Parlant à Isaac).

Ta fille est prisonnière , et tu veux la ravoir ;

Tu n'as pas d'autre but ?

ISAAC.

      Non , révérend Grand-Maître ,

Je payerai sa rançon , si l'on veut le permettre.

BEAUMANOIR.

Mais ta fille, dit-on, se flatte de guérir,
De rendre la santé; tu dois en convenir.

ISAAC.

Oui, mon Très Révérend, partout elle soulage
La pauvre humanité. Dans tout le voisinage
On bénit son savoir, celui que le Seigneur
Veut bien lui concéder. Ah! son plus grand bonheur
Est d'aider le prochain de son intelligence,
Mais l'aide de son Dieu fait plus que sa science.

BEAUMANOIR (à Conrad).

De l'ennemi secret du faible genre humain,
Voyez jusqu'où s'étend la trop coupable main,
L'appât dont il se sert pour pervertir les ames,
Et les perdre à jamais par des moyens infâmes.

(Frappant la terre de son abacchus).

Oui, frappons le lion qui veut nous dévorer.

(Parlant à Isaac).

Si ta fille, en effet, a pu seule opérer
Par fois des guérisons, ces cures merveilleuses
Ne sont le résultat que de trâmes affreuses,
Le produit d'un concours des esprits infernaux.

ISAAC.

Seigneur, c'est le produit de simples végétaux,
Préparés et mêlés avec art et prudence.

BEAUMANOIR.

De qui tient-elle donc cette belle science?

ISAAC.

D'une femme chérie en notre nation.

BEAUMANOIR.

Et son nom?

ISAAC.

Miriam.

BEAUMANOIR.

Abomination !
De cette Miriam, trop infâme sorcière,
Dont le corps fût brûlé; les restes, la poussière,
Dispersés par les vents! Qu'il m'en arrive ainsi,
Si je ne traite encor cette coupable ici,
Selon ses bons desseins.

(Le même se tournant du côté du Servant, lui dit):

Conduisez à la porte
Ce juif, que sans retard sous votre garde il sorte.

SCÈNE V.

EBAUMANOIR , CONRAD, MALVOISIN.

(Ce dernier paraissant au moment de la sortie d'Isaac et du Frère
servant).

BEAUMANOIR.

Commandeur Malvoisin, je dois vous consulter;
Vous venez à propos, veuillez donc m'écouter.
Des trahisons chez vous s'ourdissent en silence,
Vous devez en avoir parfaite connaissance :
Dans ce gouvernement qui vous est confié ,
Tout doit être de vous connu, vérifié.
J'apprends que dans le Temple une femme se trouve;
Je ne puis vous cacher l'effroi que j'en éprouve,
Sachant qu'elle appartient aux Tribus d'Israël.
Je sais qu'un Chevalier, à la face du ciel,
La retient dans ces murs ; oui, c'est un crime horrible,
Vous ne l'ignorez pas; cela n'est pas possible......
Cette admonition paraît vous accabler.

MALVOISIN.

Seigneur, m'est-il permis devant vous de parler?

BEAUMANOIR.

Nos statuts, Commandeur, renferment un chapitre
Qui concerne le sexe.

MALVOISIN.

Oui, j'en connais le titre
Et tout son contenu. La haute dignité
Que j'occupe dans l'ordre est une autorité
Qui pourrait, au besoin, en donner l'assurance.

BEAUMANOIR.

En cette autorité j'ai toute confiance :
Mais que dois-je penser? Pourquoi permettez-vous
Que dans ce lieu sacré, dont nous sommes jaloux,
Une femme, une juive, enfin une sorcière,
Soit admise en secret et par l'ordre d'un frère?

MALVOISIN.

Une sorcière ici!

BEAUMANOIR.

Vous l'ignorez, Grand Dieu!
Une juive est au Temple, et c'est sans votre aveu.

MALVOISIN.

Très-révérend Seigneur, votre grande sagesse
Vient dessiller mes yeux : oui, je vous le confesse,
Personne, parmi nous, ne fût plus étonné,
En voyant Bois-Guilbert aussi passionné
D'une vile infidelle; et si je l'ai reçue,
C'était afin de rompre une intrigue conçue
Par un méchant esprit: devant m'en défier,
Avant tout il fallait sauver un chevalier,
Un homme précieux, reconnu pour un brave,
Et qui serait sans moi l'esclave d'une esclave.

BEAUMANOIR.

Vous êtes donc bien sûr qu'il n'a point à ses vœux
Encor contrevenu?

MALVOISIN.

Du moins dans ces saints lieux,
Je puis vous l'affirmer ; recevant cette juive
Je pouvais sous ma main la retenir captive,
Déjouer ses projets, tous ses honteux moyens,
Et rompre pour toujours entre eux tous les liens ;
J'espérais au devoir rappeler notre frère,
Le soustraire aux regards d'une femme étrangère,
Dont sur lui les attraits ont voilé la raison,
Produisant les effets du plus subtil poison.
De cette iniquité nous connaissons la cause ;
C'est vous-même, Seigneur, qui dévoilez la chose :
Votre sagacité nous montre évidemment,
La source d'où provient un tel égarement.

BEAUMANOIR.

Tous deux vous la voyez. Je n'ai plus aucun doute,
Ce mal est un de ceux que toujours je redoute.
Avec son imprudence et sa légéreté,
Brian-de-Bois-Guilbert, de la méchanceté
N'est au fond que victime, et du moins je le pense ;
Je dois à son égard user de la clémence.

CONRAD.

Il serait douloureux que notre ordre perdît
Ce brave chevalier.

BEAUMANOIR.

Conrad, tout me le dit ;
Nous le conserverons : mais quant à cette juive,
Sans pitié, ni pardon, oui, je veux qu'elle suive,
Jusque dans les enfers, sa Miriam d'Endor :
Si son crime est constant, je la condamne à mort.

CONRAD.

Mais les lois du pays ?

BEAUMANOIR.

Les lois de l'Angleterre
Ne m'arrêteront point : un baron dans sa terre
Est juge souverain pour prendre et condamner
Le monstre dangereux qui veut l'empoisonner.
Refuse-t-on ce droit au Grand-Maître du Temple ?
Non : nous la jugerons. Par ce nouvel exemple
Nous purgerons le monde, et tous ses talismans
Cesseront avec elle, ou du moins pour longtemps.

Commandeur Malvoisin, c'est moi qui vous en prie,
Disposez au plutôt dans la commanderie
Le lieu du tribunal ; et qu'au milieu du jour
Les cloches, les clairons, au peuple d'alentour,
Fassent connaître au loin l'heure de l'audience. —
Je compte, Malvoisin, sur votre prévoyance ;
Mais surtout, je l'ordonne, apportez tous vos soins,
Afin de réunir du crime les témoins.

Je veux être à la fois envers cette coupable,
Juste, c'est mon devoir, mais juge inexorable.

(Beaumanoir et Conrad sortent).

SCÈNE VI.

MALVOISIN (seul).

Le Grand-Maître du Temple, un héros, un chrétien,
Lucas de Beaumanoir, des braves le doyen,
Aujourd'hui croit encore au sort, à la magie !
De ses hauts faits, hélas ! ô triste analogie !
Que devons-nous penser de cet être fougueux,
Autrefois si marquant, si grand, si généreux ?
Qui pourra croire enfin que cet homme en démence
S'est signalé jadis par sa sage prudence ?
Guerrier, toujours vaillant, général estimé,
Du peuple et du soldat il fut toujours aimé.
Au faîte du pouvoir, ce modèle des braves,
S'émeut en insensé, pourquoi ? pour des entraves

Sans importance aux yeux d'un homme sage et franc ;
Pour être utile au monde il faut être à son rang.

SCÈNE VII.

MALVOISIN, CONRAD.

CONRAD.

Dans ce lieu, Malvoisin, je vous retrouve encore ;
Vous manquez au devoir, et pourquoi? je l'ignore :
Au Grand-Maître en tous points nous devons obéir,
Ses ordres sont sacrés, nous devons les remplir.

MALVOISIN.

Ces ordres, cher Conrad, ne me semblent qu'un rêve,
Et contre eux, je le sens, ma raison se soulève ;
Dans le meilleur des arts si l'on peut dominer,
Ce talent, selon vous, peut-on le condamner?

CONRAD.

Le Grand-Maître a parlé ; le reste, peu m'importe :
S'il commet une erreur, que lui seul la supporte ;
Qu'il ait tort ou raison, ne convient-il pas mieux
De punir une juive, en ce débat douteux,
Plutôt que de nous voir, pour une simple esclave,
Enlever un sujet reconnu pour un brave.
Croyez-le, Malvoisin, les nombreux partisans
Du noble Chevalier, seront tous impuissants
Pour calmer le courroux de notre auguste maître,
S'il le trouve coupable, et vient à reconnaître,
Dans l'examen des faits, une déloyauté.

MALVOISIN.

Je le veux bien, cédons à la nécessité :
Mais le Grand-Maître veut des moyens raisonnables ;
Il faut, pour condamner, des faits irrécusables.

CONRAD.

Vous devez y pourvoir , découvrir les témoins ;
Vous le pouvez , Albert , je le pense , du moins.
Agissez cependant sans être téméraire;
De l'ordre protecteurs , sachons ; en cette affaire,
Par devoir le servir , réprimer ses abus :
Allez tout disposer , et ne différez plus.

MALVOISIN.

Comptez sur moi , Conrad , sur ma sollicitude ;
Mais je ne puis donner aucune certitude.

FIN DU DEUXIÈME ACTE.

ACTE TROISIÈME.

LA scène représente une salle de Tribunal. Dans le fond, et sur une estrade, sont les juges sur leurs sièges, au nombre de quatre, placés devant une table, aux côtés du Grand-Maître qui préside assis sur un fauteuil plus élevé. Il est couvert d'un grand manteau blanc, et porte à la main l'Abacchus, ou bâton de commandement.

Sur un des côtés de la table, est un Chevalier pour remplir les fonctions de greffier.

De l'autre côté, mais sur un siège un peu éloigné du bureau, est assise Rébecca ayant la face voilée. Deux huissiers sont debout à ses côtés.

A quelque distance, et autour du bureau, sont les Chevaliers sur des bancs moins élevés que les sièges des juges; Bois-Guilbert, parmi eux, occupe une des places les plus rapprochées de l'avant-scène, en face de Rébecca.

Derrière eux, sur des bancs plus bas encore, sont les Aspirants et les Écuyers.

Une balustrade les sépare du peuple qui compose l'assemblée.

Au milieu de cette balustrade, du côté de l'avant-scène, est une ouverture pour les témoins qui doivent se présenter au bureau.

Toute la salle est bordée de gardes armés de hallebardes et de pertuisanes.

Une place hors de la balustrade est réservée pour les quatre témoins.

La toile se lève quand tous les personnages sont placés.

Avant de lever la toile, on entend le son des cloches et des clairons qui annoncent l'heure de l'audience.

Le troisième acte se compose d'une seule scène.

Tous les personnages de la pièce présents, à l'exception d'Ivanhoé et de Isaac, père de Rébecca.

BEAUMANOIR.

(Il ouvre la séance par le discours suivant):

ILLUSTRES Commandeurs et vaillants Chevaliers,
De l'honneur champions, redoutables guerriers ;
Et vous tous, mes enfants, qui marchez à leur suite,
Aspirants, Écuyers, dont la bonne conduite
Vous donne un juste espoir de porter cette croix,
Noble insigne de l'ordre et du respect aux lois ;
Et vous aussi, Chrétiens, hommes de chaque classe,
Qu'il vous soit fait savoir que mon pouvoir embrasse
Le droit de vous juger, mais toujours justement ;
Recevant l'abacchus *, j'ai le commandement
Pour corriger, punir ou donner récompense
Dans l'ordre que le ciel a mis sous ma puissance.

* *Abacchus*, bâton de commandement du Grand-Maître dans l'ordre des Chevaliers du Temple.

Son pieux fondateur prescrit dans ses statuts,
Que le chef adopté, de tous ses instituts,
Dans les cas importants et de son libre arbitre,
Pourra seul, à son gré, convoquer un chapitre
Pour le maintien de l'ordre et sa prospérité,
Extirper ses abus, punir l'iniquité.

Le chapitre formé, je dois, en conscience,
De tous nos serviteurs consulter la prudence :
Je la réclame donc aujourd'hui sans détour,
Pour juger une femme admise en ce séjour,
Dans l'horrible dessein de pervertir un frère.
Je viens donc, mes enfants, je viens, comme un bon père,
Dans mon anxiété réclamer votre appui,
Votre sagacité, pour abattre aujourd'hui,
Avec l'aide du ciel et la prudence humaine,
L'enfer qui contre nous s'acharne et se déchaîne.

Dans ce but nous avons mandé par devant nous,
En vertu des pouvoirs reçus de Dieu sur vous,
La juive Rébecca, fille sous la tutelle
De son père Isaac, à notre foi rebelle ;
Cette proscrite ayant de son talent maudit,
Pour séduire le cœur et pervertir l'esprit,
Corrompu dans nos rangs, plongé dans les ténèbres,
Le brave Bois-Guilbert, dont les exploits célèbres,
Le zèle et la valeur, dans l'ordre sont cités.
Il défendit la croix dans diverses cités,
La protégea partout de sa noble vaillance,
Et dépassant nos vœux combla notre espérance,
En portant nos drapeaux jusques dans les lieux saints.
La paix faisant tomber les armes de ses mains,
L'ordre trouvait en lui l'homme prudent et sage,
Qui pouvait, après moi, prétendre à l'avantage
De porter ce bâton, recevoir mon manteau,
Quand j'aurai succombé sous ce pesant fardeau.

Le ciel m'ayant instruit que ce frère honorable
Compromet son honneur, et qu'il devient coupable,

Oubliant à la fois son état et ses vœux,
Pour affectionner, et même sous nos yeux,
Une femme impudique, une juive infidelle,
Poussant l'effronterie et l'audace pour elle,
Jusqu'à la faire entrer même en cette maison!
Je le demande, hélas! que supposer? sinon
Que le méchant esprit occupe sa pensée,
Et qu'au plus bas degré son ame est abaissée.
Oui, s'il m'était permis de penser autrement,
Rien ne le sauverait de mon ressentiment;
Bois-Guilbert serait-il l'honorable main droite
De notre ordre en ce jour, sa perfidie adroite
Ne pourrait qu'enflammer mon trop juste courroux,
Pour le chasser soudain, et l'éloigner de nous;
Mais si par les effets de quelque sortilège,
Satan l'a fait tomber dans un malheureux piège,
Ah! nous devons le plaindre et non le châtier :
Un ferme repentir peut le purifier.

  Mes Frères, cependant, le glaive de justice
Doit atteindre un coupable, ou du moins un complice
De l'auteur infernal de tous ces attentats :
Levez-vous donc, Chrétiens, présents à ces débats,
Et de la vérité rendez-nous témoignage ;
A nous la révéler c'est Dieu qui vous engage :
Aidé de son secours, puissions-nous, selon lui,
Prononcer justement, avec son digne appui,
L'arrêt qui doit sévir contre cette infidelle,
Ou bien, le cœur saignant, d'une voix paternelle,
Faudra-t-il appliquer, contre un frère en honneur,
Par ses hauts faits marquants, les lois de la rigueur?

  Seigneur, qui nous voyez, que votre voix céleste
S'énonce par ma bouche, et nous soit manifeste.

LE GREFFIER (se levant).

Paraissez devant nous, Williams, premier témoin.

BEAUMANOIR (parlant au témoin).

Devant le tribunal , rappelez avec soin
Les dangers qu'a bravés Bois-Guilbert , notre frère ,
Pour la gloire et l'honneur d'une fille étrangère ,
La juive Rébecca , dont il sauva les jours ,
En la favorisant de son puissant secours ,
A l'assaut meurtrier du fort de Torquilstone ;
Parlez , expliquez-vous ; s'il le faut , je l'ordonne.

WILLAMS.

Seigneurs et Révérends , je ne le tairai pas ;
Si le fier Bois-Guilbert affronte le trépas ,
Les armes à la main , au milieu des batailles ,
Tout un peuple l'a vu gravissant les murailles
D'un édifice en feu ; pour soustraire à la mort
Rébecca , l'accusée , ou partager son sort.
Ce nouveau trait d'audace au fort de Torquilstone ,
S'est passé sous nos yeux , toujours je m'en étonne ;
Devant le tribunal je vais le rapporter.
Je pars de ce moment , funeste à redouter ,
Où tout fort assailli , des hasards de la guerre ,
Doit sortir triomphant ou choir dans la poussière.
Dans cet assaut terrible , ainsi que des éclairs ,
Les traits de tous côtés se croisaient dans les airs ;
Au soleil on voyait partout briller les armes ,
Dans les deux camps enfin tout était en alarmes ;
Quand tout à coup des cris , qui s'échappent du fort ,
Jettent partout l'effroi , précurseur de la mort.
Une flamme soudaine à nos yeux se découvre ,
D'une épaisse vapeur tout l'horizon se couvre ;
Frappé de cette horreur , nous vîmes le soldat ,
Au mépris du drapeau , s'éloigner du combat.
Le désordre se met aussitôt dans les lignes ,
Partout , comme un torrent , on force les consignes ;
Tous les rangs confondus , on vit de tous côtés
Le peuple et le soldat , confus , épouvantés ,

S'approcher en courant du lieu de l'incendie,
Dont la flamme aux regards bientôt s'est agrandie.
C'est alors qu'apparut le brave Bois-Guilbert,
Accourant des remparts, de l'armure couvert;
Empressé d'arriver et respirant à peine,
Il traverse la foule et avec lui l'entraîne
Au pied de l'édifice à moitié consumé.
Plein de sa noble ardeur et de zèle animé,
Au mépris de sa vie et du feu qu'il affronte,
Devant la multitude au'haut du mur il monte.
Levant les mains au ciel, ému d'anxiété,
Le peuple, en admirant son intrépidité,
Bénissait le héros qui marche dans les flammes:
Disparaissant soudain, il jeta dans nos ames
La douleur et l'effroi, le croyant près des morts,
Succombant sous le poids d'incroyables efforts.
Les uns croient voir encor paraître son image;
D'autres, sur son destin se disaient leur présage,
Quand bientôt il paraît à nos regards surpris:
La foule tend les bras, en poussant de grands cris.
A cet accueil flatteur le héros est sensible;
Il en donne en un signe une preuve visible:
Portant sur son épaule un énorme fardeau,
Il fuyait, en courant, sur un étroit chaineau,
Et joignant une tour dont il gagne le faîte,
Cet homme impétueux, ce brave enfin s'arrête,
De fatigue épuisé se place sur ce lieu,
Qui le met à l'abri des ravages du feu.
C'est alors qu'à ses pieds il dépose, ravie,
La belle Rébecca, dont il sauvait la vie:
Le peuple émerveillé se porte à son secours,
Partageant son transport, à son aide j'accours:
Dès ce moment enfin renait cette espérance ;
Qui ranime le cœur froissé par la souffrance;
Et rendant grâce au ciel de ce succès heureux,
Bientôt ils sont sauvés et rendus à nos vœux.

Seigneurs, vous savez tout ce dont j'ai connaissance,
Et la main sur mon cœur j'en donne l'assurance.

BEAUMANOIR.

Ces faits sont de nature à les apprécier,
Mais un second témoin doit les certifier.

(Parlant au témoin):

Willams, retirez-vous.

LE GREFFIER.

Hervé, de Torsquilstone.

BEAUMANOIR (parlant au nouveau témoin):

Vous étiez à l'assaut, combattant en personne;
Vous avez entendu le témoin précédent:
Sur les faits de Guilbert, dites-nous cependant
Tout ce que vous savez.

HERVÉ.

Très révéré Grand-Maître,
Ce n'est qu'en hésitant qu'un homme doit paraître
Pour éclaircir des faits devant un tribunal.
J'affirme, je le dois, véritable et loyal,
Le récit du témoin que vous venez d'entendre.
Je vais donc me borner, Seigneur, à vous apprendre,
Très-imparfaitement, je ne puis le nier,
Les exploits valeureux du noble Chevalier
Pour sauver Rébecca du fort de Torsquilstone,
Et soustraire au trépas cette jeune personne.
Déjà les ennemis dans le centre du fort,
En cet affreux moment pénétrant sans effort,
Par pelotons épars signalaient leurs entrées;
Mais bientôt en un corps ces troupes démembrées,
Sur un centre arrivant joignent leur étendard.
Le noble Bois-Guilbert, sur le haut d'un rempart,
Réunissant les siens, ranime leur courage,
De la voix les excite à venger leur outrage,

Et quoiqu'on le pressait en face et sur ses flancs,
Maître de ses soldats, il dispose leurs rangs.

    Dans leur centre on voyait, mêlée avec les armes,
La belle Rébecca, brillant de tous ses charmes,
Sur un palefroi blanc entre deux africains,
Placés sur ses côtés tenant sa bride en main.
De leurs visages obscurs, ressemblant à l'ébène,
Ressortait mieux encor cette nouvelle Hélène.

    Dans la confusion qui croît à chaque instant,
Son puissant protecteur, toujours en combattant,
Veillait sur sa personne avec sollicitude :
On le voyait partout, et sa noble attitude
Faisait sur ses soldats ce que peut la valeur,
Sur des gens éprouvés dirigés par l'honneur.
Sa présence doublait leur ardeur, leur audace ;
Poussant les ennemis, ils en prenaient la place ;
Foulant au pied les morts, en gagnant le terrain,
Sous leur chef ils marchaient serrés comme un essaim,
Renversant devant eux, ainsi que fait l'orage,
Qui ne respecte rien, détruit tout dans sa rage.

    Cependant leurs efforts dans ce malheureux jour,
Couronnés de succès, comprimés tour-à-tour,
N'ayant pas de soutiens, épuisaient leur audace ;
La troupe s'ébranlait et n'était plus en masse :
Ces fidèles soldats, entourés d'ennemis,
Dans un centre commun n'étaient plus affermis ;
Les rangs par trop épars pour régler la défense,
On luttait corps à corps à l'épée, à la lance ;
Le héros en émoi ne pouvant l'empêcher,
Voyant de Rébecca l'orage s'approcher,
Pour échapper ensemble au danger qui s'apprête,
Prend sa captive en croupe, emporte sa conquête,
A travers les périls sur ses pas renaissants.

    Son beau coursier Zamor, les regards scintillants,
De ses naseaux poussait une vapeur épaisse ;
Aux cris des combattants sa crinière se dresse :

Sous la main qui le tient, l'aiguillon sur les flancs,
Frémissant il s'agite et bondit dans les rangs ;
Mais bientôt comme un trait lancé d'une main forte,
Tête baissée, il part et perce une cohorte
D'ennemis dont les corps et les armes épars,
Aux alentour du choc tombent de toutes parts.

　　Libre alors, ce coursier, vainqueur de tant d'entraves,
S'échappe avec la fleur des amours et des braves :
Le héros, Rébecca, tous deux, comme un éclair,
Sur le noble Zamor sont disparus dans l'air.
Tel on voit l'épervier, même en fuyant l'orage,
Enlever la fauvette à travers le bocage.

　　Seigneurs, dans ce récit, croyez-le fermement,
J'ai dit la vérité, sans nul déguisement.

BEAUMANOIR.

　　Ces dépositions qui doivent nous suffire,
Prouvent que notre frère était dans le délire,
Sans respect pour ses vœux, en exposant ses jours
Pour l'honneur d'une juive et lui porter secours.
Le fait est constaté, la preuve en est acquise.

　　　　(Parlant à Malvoisin):

Commandeur Malvoisin, c'est par votre entremise
Que nous devons savoir comment, par quel appui,
L'un et l'autre accusés se trouvent aujourd'hui,
Ici, dans ce lieu saint.

MALVOISIN.

　　　　　　　Très révéré Grand-Maître,
Personne, ainsi que moi, ne pouvait méconnaître,
Dans notre ami commun, le noble Bois-Guilbert,
Les écarts d'un esprit qui s'égare et se perd,
Qu'on ne pouvait dompter dans son humeur chagrine,
Ne reconnaissant plus ni lois, ni discipline.

　　Des charmes d'une juive en le voyant épris,
Qui de vous, comme moi, n'eût pas été surpris?

Peut-on voir sans émoi, des braves le modèle
Manquer à tous ses vœux, et pour une infidelle?
Devant Dieu, je l'avoue à ma confusion,
Je regrette d'avoir permis l'admission
De cette malheureuse à la commanderie;
Mais j'ai fait mes aveux à votre Seigneurie,
Mes motifs étaient purs, et vous les connaissez,
J'en subirai le tort, si vous me l'imposez.

BEAUMANOIR.

Je connais ces motifs, je les admets, mon frère;
Ne les approuvant pas, et si je les tolère,
Sachez, pour l'avenir, qu'on arrête un coursier,
Dans ses fougueux moments, non pas par l'étrier;
Mais en homme prudent on en saisit la bride,
Ou le noble animal emportera son guide.
Pour la punition vous direz chaque jour,
Pendant que je ferai de ce lieu mon séjour,
De notre fondateur la pieuse prière,
Qui, dans nos grands revers, nous est si familière;
Mais surtout observez le jeûne de rigueur,
Si fort recommandé pour expier l'erreur.
Sachez pour l'avenir régler votre conduite,
Et sur tout le passé je vous absous ensuite.

(Parlant à Rébecca):

Approchez, Rébecca, dévoilez votre front.

RÉBECCA.

Les filles d'Israël ne peuvent, sans affront,
Se montrer au grand jour la face découverte.

BEAUMANOIR (parlant à un huissier):

Huissier, à m'obéir vite que l'on s'apprête.

(Un huissier se présente pour lever le voile de Rébecca).

RÉBECCA.

J'en appelle à l'amour de vos filles..... hélas!
J'oublie, excusez-moi, que vous n'en avez pas.

Ah ! du moins respectez dans ce lieu la décence ;
Soumise à mon destin , ici , sans violence ,
Je vous obéirai.

                    (Elle lève son voile).

BEAUMANOIR.

        Mes Frères , poursuivons
L'enquête commencée , et dans des faits cherchons
A connaître la vie ordinaire et mystique
De cette malheureuse et funeste hérétique.

UN CHEVALIER (membre du bureau).

    Grand-Maître révéré , nous désirons savoir
Du noble Bois-Guilbert ce qu'il pense devoir
Répondre devant nous à ce qu'il vient d'entendre ;
Il serait important qu'il daignât nous apprendre
Quels étaient ses motifs alors qu'il s'exposait ,
Et si c'était l'honneur ou l'amour qu'il servait ?
Comment il considère aujourd'hui l'accusée ,
Et qu'il dévoile ici , sur elle , sa pensée ?

BEAUMANOIR.

    Oui , c'est moi qui vous fais l'interpellation ,
Bois-Guilbert , répondez à cette question
Sur-le-champ , je l'ordonne.

BOIS-GUILBERT.

                Et moi, je m'y refuse ;
Mais si vous l'exigez, je dirai, pour excuse ,
Que je méprise trop tous ces sarcasmes vains,
Ces puérilités, pour y prêter les mains :
Parlez de mon honneur, je saurai vous répondre
Avec la lance au poing.

BEAUMANOIR.

            Je pourrais vous confondre ,
Vous traiter en coupable , et vous le méritez ;
Mais je veux respecter jusqu'à vos vanités

Devant ce tribunal, vous croyant en délire,
Possédé de satan, sujet de son empire ;
C'est un devoir pour moi de vous en délivrer,
S'il a su malgré nous à lui vous attirer :
Nous y travaillerons. Pour cette fin, mes Frères,
Dans ce dédale obscur, au fond de ces mystères,
Cherchons à pénétrer ; déchirons le bandeau
Pour voir la vérité briller de son flambeau.

LE GREFFIER.

Galby, de Templestowe.

BEAUMANOIR (parlant au témoin) :
                    Dites votre pensée,
Ce qui vous est connu sur la fille accusée.

GALBY.

Je déclare, Seigneur, l'avoir vue sous mes yeux
Guérir en peu d'instants un soldat malheureux,
Blessé dans un combat au fort de Torsquilstone,
En prononçant des mots non compris de personne,
Et faisant sur son front des signes inconnus.
A notre étonnement, des frissons survenus
Firent sortir sanglant de sa profonde plaie
Le fer qui le blessa. D'abord on s'en effraie ;
Rébecca s'en empare, et l'ayant arraché,
La douleur se calma, le sang fut étanché ;
L'épiderme formé, les chairs se raffermirent :
Enfin en peu d'instants les souffrances finirent ;
Nous vîmes le malade oubliant son malheur,
Récupérer bientôt sa force et sa vigueur :
Oui, chacun en convient ; de cette étrange chose,
Il n'est que vous, Seigneur, pour découvrir la cause.
                              (Le témoin se retire).

LE GREFFIER.

Mulay, de Templestowe.
                              (Le témoin se présente).

BEAUMANOIR (parlant au témoin) :

Témoin, que savez-vous
Sur la juive accusée?

MULAY.

Etant sous les verroux,
Dans les prisons du fort de la commanderie,
J'ai vu, Seigneur, j'ai vu, de la sorcellerie
De cette Rébecca le fait le plus constant;
Elle était au balcon de la tour sous le vent:
Je la considérais à travers ma fenêtre,
Quand bientôt je la vis à mes yeux apparaître
Sous la forme d'un cygne éclatant de blancheur;
Ayant pris son essor, sans aucune frayeur,
Elle fit, en volant, le tour de la barrière,
Et vint prendre au balcon sa figure première.
Etant de suite entrée en son appartement,
Je ne connais, Seigneur, que cet évènement.

> (Les quatre Membres du bureau se réunissent au Grand-
> Maître; ils confèrent ensemble et silencieusement un
> instant).
> (Les juges ayant repris leurs places).

BEAUMANOIR (parlant à Rébecca) :

J'engage l'accusée, avant notre sentence,
A narrer, sans détour, pour sa propre défense,
Les actes et les faits qui peuvent l'excuser,
Pour motiver l'arrêt que je dois prononcer.

RÉBECCA.

Vous implorer, Seigneur, au nom de la clémence,
Je n'en recueillerais que votre indifférence;
Ce moyen me répugne, il est vil à mes yeux:
Dire que mes secours portés aux malheureux,
Ne font pas supposer une ame criminelle,
Vous ne verrez toujours en moi qu'une infidelle;
Et quand j'affirmerais sur ma foi, mon honneur,

Que le mensonge seul, sans honte et sans pudeur,
A noirci devant vous ma conduite équitable,
Qu'on me reproche un fait qui n'est pas vraisemblable,
Que tout est contre moi dans vos débats diffus,
Ces accents du malheur seront tous superflus.
   Je ne chercherai pas non plus pour ma défense
A me justifier au moyen du silence

     (Montrant de la main Bois-Guilbert).

De ce preux dont on vante ici les actions,
Ecoutant en repos d'ignobles fictions,
Pour faire d'un tyran paraître une victime :
Que Dieu juge entre nous le coupable et son crime !
Mais croyez-le, Seigneur, je préfère la mort
Que vous me destinez, au méprisable sort
Dont voulait m'opprimer ce trop valeureux frère,

     (Montrant Bois-Guilbert).

Alors que sans secours j'étais sa prisonnière :
Il est de votre culte, et s'il daignait parler,
Il serait écouté ; mais sans vous ébranler,
Mes protestations, franches, respectueuses,
Seront toujours pour vous choses infructueuses ;
Je ne puis donc, Seigneur, diriger contre lui
Des griefs qui pourraient venir à mon appui.

     (S'adressant à Bois-Guilbert).

C'est à vous, Bois-Guilbert, à vous que j'en appelle,
Devant Dieu qui m'entend, c'est vous que j'interpelle ;
Aux inculpations que l'on fait contre moi,
Dites, pouvez-vous croire, ont-elles votre foi ?

. . . .

Parlez, noble baron, si vous êtes un homme,
Si vous êtes chrétien, ainsi que l'on vous nomme ;
Oui, je vous en conjure, au nom de vos aïeux,
Par cette croix de l'ordre, ainsi que par vos vœux :
L'honneur vous le commande envers une récluse,
Bois-Guilbert, croyez-vous à ce dont on m'accuse ?

BOIS-GUILBERT.

Avant de vous répondre et m'engager en rien,
Je demande avec vous un moment d'entretien.

BEAUMANOIR (à Rébecca).

Allez, je le permets.

(Bois-Guilbert et Rébecca se rendent sur un des côtés les plus
isolés de l'avant-Scène).

BOIS-GUILBERT (à part, parlant à Rébecca).

Je ne dois pas vous faire
Madame, en ce moment où tout nous est contraire,
Connaître mes projets pour échapper tous deux
A l'inquisition de ces dévots fongueux ;
Mais pour finir enfin et clore la défense,
Sans implorer pour vous ni pardon, ni clémence,
Demandez simplement, et selon tous vos droits,
Le Jugement de Dieu, consacré par nos lois :
Dans la lice, du moins, je pourrai vous défendre,
Les armes à la main je me ferai comprendre,
pour clore avec honneur tous ces tristes débats,
Et malgré leur fureur vous sauver du trépas.

RÉBECCA.

Mais, Seigneur, permettez ; un mot de votre bouche,
Pourrait tout obtenir de cet homme farouche.

BOIS-GUILBERT.

Non, ne le pensez pas : la chose en est au point,
Que mon sort pour toujours doit être au vôtre joint ;
Malheureux, si j'en juge à l'état de mon ame,
Pour vous, dans ce conflit, je dois périr, Madame ;
Sans craindre mon destin, quoi qu'il puisse arriver,
Pour l'honneur et pour vous, oui, je veux tout braver.
Ne perdons pas le temps en vaines apparences ;
Demandez le combat, soyez sans défiances.

(Bois-Guilbert et Rébecca reprennent tous deux leurs places).

BEAUMANOIR.

Avez-vous, Rébecca, le profond repentir,
Sur vos infractions voulez-vous revenir?
Admise en un lieu saint et dans un ordre austère,
Vous y gagnez le ciel, ah! du moins je l'espère :
Je vous donne la vie à ces conditions.
Cette loi de Moïse, à vos affections
Si propice et si chère, est-elle donc si belle,
Pour vous déterminer à succomber pour elle?

RÉBECCA.

Vous le savez, Seigneur, c'est la loi d'Israël,
Et qui lui fut donnée au gré de l'Eternel,
A travers les éclairs, le fracas du tonnerre,
Pour en faire à nos yeux une loi plus sévère.
Je ne suis qu'une fille et qui d'un rien s'émeut,
Mais je mourrai pour elle, oui, oui, si Dieu le veut.

BEAUMANOIR.

Et pour votre défense avez-vous à produire
Quelques nouveaux moyens?

RÉBECCA.

                    Oui, Seigneur, je dois dire
Que même dans vos lois pour éviter la mort,
Je découvre une chance en faveur de mon sort.
L'innocent trouve au ciel aide et miséricorde,
Je veux donc me servir du secours qu'il m'accorde.
Dans l'accusation que l'on fait contre moi,
Ne voyant qu'un mensonge, une mauvaise foi,
Je veux vous le prouver puisqu'il est nécessaire,
Par cet acte appelé combat judiciaire,
Ou Jugement de Dieu.

BEAUMANOIR.

                    Qui voudra donc lever
La lance en cette affaire et pour vous approuver?

RÉBECCA.

Dieu ne nous voit-il pas? D'ailleurs est-il possible
Que dans cette Angleterre à l'honneur si sensible,
Dans ce pays des arts, des hommes généreux,
Je sois abandonnée au destin rigoureux?
Je ne crains pas pour lui ce honteux héritage,
Et pour mon champion, Seigneur, voici mon gage.

(Elle jette avec dignité son gant devant le Grand-Maitre).

BEAUMANOIR

(Paraissant fort ému à la vue de ce gant, qu'il considère et qu'il
n'ose toucher).

Hélas! si la pitié que pour toi je ressens
Etait encore un fruit de tes charmes puissants,
Je le dis, Rébecca, tu serais bien coupable;
Mais j'aime mieux la voir comme un signe équitable,
Naturel à mon cœur, qui saigne en te voyant,
Dans la fleur de ta vie, et même en cet instant,
Prète à perdre à jamais ces brillants avantages
Sur lesquels on pouvait tirer d'heureux présages.

RÉBECCA.

Permettez-moi, Seigneur, de vous le demander,
Sur mon malheureux sort daignez vous décider.
Puis-je me prévaloir, pour défendre ma vie,
Du Jugement de Dieu?

BEAUMANOIR.

                    Cette forme est suivie
Pour rendre la justice en un cas important;
Je dois la respecter: qu'on me passe son gant.

(En l'examinant).

Ce gage de combat, de lutte à toute outrance,
Ce gant est bien débile et de peu d'apparence;
Compare-le, ma fille, à ceux que nous portons:
Telle est la différence, et nous la constatons;

De ta cause à laquelle ici tu te confies,
Et la nôtre, en effet, puisque tu nous défies ;
Car je dois, Rébecca, te le certifier,
Ton projet compromet notre ordre tout entier.

A confesser ton crime, ainsi donc tu résistes,
Et tu tiens au défi dans lequel tu persistes ?

RÉBECCA.

Oui, mon noble Seigneur.

BEAUMANOIR.

Eh bien ! qu'il soit donc fait
Ainsi qu'il est requis, et que toujours parfait,
Le Jugement de Dieu prouve la bonne cause.

(Les quatre Chevaliers, membres du bureau, disent ensemble :
Amen).

(Les autres Chevaliers, et toute l'assemblée, disent ensuite :
Amen).

BEAUMANOIR.

Mes Frères, vous savez qu'ici rien ne s'oppose
A l'accomplissement de mes justes desseins ;
J'aurais pu repousser tous les droits incertains
De cette malheureuse à la mort condamnable,
Qui réclame en péril la justice ineffable
Du Jugement de Dieu ; mais seule et sans appuis,
Étrangère à nos yeux, de nos lois je ne puis
Lui refuser encor la divine assistance :
Dieu me garde à jamais d'abus de ma puissance.

Mes Frères, tour-à-tour, religieux et soldats,
Le devoir nous appelle à l'autel, aux combats,
Pour défendre nos droits quand l'honneur le commande.
Rébecca, je l'ai dit, j'adhère à ta demande,
Et réponds à tes vœux pour éviter la mort
Que nos lois sans pitié prononcent sur ton sort,
Mais que tu subiras, si le ciel en colère,
Malgré nous se prononce à ton destin contraire,

Ou si nul ne paraît pour ta cause au combat.

Dans le champ de saint George aura lieu le débat
Entre les champions, sans aucun stratagème,
Au jour déterminé, que je fixe au troisième,
Le ciel ayant deux fois vu l'ombre de la nuit.
Choisis ton défenseur; dans l'arène conduit,
En ce jour dont dépend ta chétive existence,
Je verrai sans regret embrasser ta défense.

Chavaliers, quant à nous, pour soutenir nos droits,
Dans tout l'ordre je puis, au texte de nos lois,
Choisir un champion pour la cause du Temple;
Nous avons, sur ce fait, déjà plus d'un exemple.
Pour répondre au défi dans ce moment offert,
Je nomme parmi vous le frère Bois-Guilbert,
Bien digne de défendre et ses droits et les nôtres;
C'est l'honneur qui l'appelle ici devant tous autres.

La lutte terminée, après son dénouement,
Sans retard dans la lice, et pour son châtiment,
L'accusée en public sera réduite en cendre,
Si le Très-Haut l'ordonne, ou ne veut la défendre.

Puisse, dans sa bonté, le Seigneur qui m'entend,
Rébecca, te soustraire à la mort qui t'attend.

Commandeur Malvoisin, ordonnez le service,
Pour prêter, au besoin, main-forte à la justice;
Annoncez le combat dans tous les environs,
Prévenez-en surtout les Comtes, les Barons.

FIN DU TROISIÈME ACTE.

ACTE QUATRIÈME.

La scène représente la tour servant de prison où se sont passées les scènes du premier acte.

SCÈNE PREMIÈRE.

RÉBECCA, URFRIDE.

URFRIDE.

Je l'ai vu de mes yeux , et je ne puis le croire !
Ici , tout en ce jour me parait illusoire ;
Le Grand-Maître du Temple , un prince souverain,
Que j'ai cru généreux , n'être pas plus humain !
Vous condamner ! pourquoi ? pour cause de magie !
Dans son docte savoir, sa brutale énergie ,
Il froisse le bon sens, le blesse à tout propos,
Et cet homme au vulgaire est un saint, un héros !
Pour son sexe et pour lui , ah ! j'en rougis de honte,
Je le croyais un sage ; ô grand Dieu ! quel mécompte !
Une femme jamais , dans son aversion ,
N'aurait fait de sang-froid une telle action.
    Pour rompre les desseins de cet atrabilaire,
Le temps presse, Madame, hélas! que faut-il faire ?

RÉBECCA. (Elle tient une lettre à la main).

Nous devons avant tout , cher Urfride , au destin
Nous soumettre et ployer devant l'ordre divin,
Adorer les décrets de cette providence,
Qui fait tout pour un bien : oui, j'en ai l'assurance.

Disons avec Joab ces mots si consolants :
« Sous ton aîle, ô mon Dieu ! je crains peu les méchants. »
Cependant mon devoir, pour obtenir justice,
Me commande d'agir, mais sans nul artifice.
Sous le joug du malheur montrons-nous franchement ;
C'est le vœu du Seigneur, c'est son commandement :
Si dans le Décalogue elle n'est pas écrite,
Cette loi dans le cœur toujours nous est prescrite :
Oui, je tiens à la vie, et pour la conserver,
Chère Urfride ; avec vous je veux tout éprouver.

    (Montrant sa lettre).

De l'arrêt de ma mort je fais part à mon père,
Après le Tout-Puissant, c'est en lui que j'espère ;
Et je compte sur vous pour porter cet écrit,
Qui fait mon seul espoir dans mon état contrit.

URFRIDE.

Si le succès répond à mon ardeur extrême,
Vous serez bientôt libre et rendue à vous-même ;
De votre sort affreux que ne puis-je aujourd'hui
Vous délivrer, Madame, avec mon seul appui.

RÉBECCA.

Urfride, à mes malheurs, oui, vous êtes sensible,
Votre amitié m'est chère en mon état horrible ;
En portant cet écrit, et sans perdre de temps,
Sur moi vous acquerrez, sur tous bons mes parents,
Les droits les plus sacrés à notre gratitude.

URRFIDE.

Madame, j'obéis.

                        (Elle sort).

SCÈNE II.

RÉBECCA (seule).

O triste solitude !

Tes voiles effrayants, dans l'ombre de la nuit,

Sont au grand jour pour moi cruels en ce réduit !!!
    L'arrêt en est porté. Grand Dieu ! mon existence
Dépend donc aujourdhui d'un combat à outrance ;
Et ma vie ou ma mort en ce triste débat,
Doit entrainer encore un horrible attentat.
Voilà donc , juste ciel ! où nous conduit le crime !
Plus grand est notre orgueil , plus profond est l'abîme.
  - Dans cette anxiété de douleurs et d'effroi,
Si déjà l'on m'apprête un funèbre convoi , .
Je puis bien me ranger au nombre des victimes,
Dont Israël encor révère les maximes.
De ces héros martyrs j'ai pleuré le trépas:
Suis-je donc condamnée à marcher sur leurs pas ?.....
Je subirai comme eux ma triste destinée,
Sans fléchir , non jamais , j'y suis déterminée :
La vie est un présent, un don reçu des cieux,
Mais sans l'honneur la vie est trop vile à mes yeux.
    Dans ce fatale instant, près de ma dernière heure,
Ici, sous les verroux, déplorable demeure,
Peut-il m'être permis, mon cœur peut-il encor
A ses émotions donner un libre essor ?
Ah ! cher Ivanhoé , si ta seule présence,
Fit tressaillir ce cœur au sortir de l'enfance,
Qu'il fut doux cet instant, où la première fois,
Je me sentis émue aux accents de ta voix.
Mon bonheur fut parfait; mais depuis je soupire ,
Je n'ose me permettre un innocent sourire
Quand je suis devant toi : malgré tous mes efforts ,
Pour dompter cet amour, étouffer ces transports
Qui consument mon ame , et sans nulle espérance
D'obtenir de ton cœur la moindre préférence ; -
Je bénirais encor mon destin, si pour toi   - ¡
J'étais ici captive et soumise à ta loi ;
Dans un sombre repos, mon ame satisfaite,
Applaudirait peut-être à ta triste conquête ;
Tranquille, résignée et soumise à mon sort,

Oui, pour Ivanhoé , je braverais la mort.

Quel est donc, ô mon Dieu ! ce sentiment sublime,
Ce penchant décidé qui m'enflamme et m'anime
Pour ce noble étranger, dont la voix , les accens,
Me mettent en émoi , bouleversent mes sens?
Hélas ! je ne le sais; si ma raison s'égare,
Mes sentiments sont purs, un malheur se répare;
Mais quant à ce pervers, à cet être empressé
De me plaire en m'offrant son cœur intéressé,
Il me révolte même en protégeant ma vie :
Je ne lui dois plus rien , il me tient asservie.
Si pour son fol amour il brava le danger,
A cet instinct brutal mon cœur est étranger;
D'ailleurs, ne doit-il pas , nommé par le Grand-Maître,
Contre mon champion, dans la lice paraître?

De ce dédale obscur qui doit m'anéantir,
Il n'est que vous, Seigneur, qui puissiez me sortir.
Un terrible ouragan va fondre sur ma tête,
Ne m'abandonnez pas au fort de la tempête.
Ah ! cher Ivanhoé, je compte aussi sur toi,
Sans ton aide je meurs ; tout est perdu pour moi.

SCÈNE III.

RÉBECCA, BOIS-GUILBERT.

(Rébecca s'éloigne à la vue de Bois Guilbert).

BOIS-GUILBERT.

Vous n'avez plus, Madame, aucun sujet de craindre,
Du moins en ce moment je ne puis vous contraindre.

RÉBECCA.

Non, je ne vous crains pas, le maître de mes jours
Pourra bien, s'il lui plaît, m'aider de son secours.

BOIS-GUILBERT.

Ah! contre moi, Madame, il est bien inutile,

5

Près de vous je serai comme un enfant docile.
Des gardes apostés........

(Montrant la porte).

RÉBECCA.

Des gardes! et pourquoi?

BOIS-GUILBERT.

Ils sont là pour veiller et sur vous et sur moi :
S'ils me savaient ici, leur chef avec sa suite,
Vous les verriez bientôt venir à ma poursuite :
Rébecca, près de vous, oui, je suis en danger.

RÉBECCA.

J'en rends grâce au Seigneur! à tout envisager;
La mort dans ce séjour est ma plus faible crainte,
Et cette vérité, croyez-le, n'est pas feinte.

BOIS-GUILBERT.

Dans la mort, je l'avoue, il n'est rien d'effrayant
Pour un cœur généreux, mais en la subissant
Exempte des douleurs qui la rendent terrible :
Mourir la lance au poing me serait peu sensible;
De même le trépas, vous me l'avez prouvé,
Ne fera pas fléchir votre cœur éprouvé.
Ce noble dévouement, certes, je le partage,
Et Dieu m'en est témoin; mais dans l'épais nuage
Des vanités, chacun voit bien différemment :
Pour moi l'honneur consiste à mourir vaillamment;
Chez vous c'est un prestige, espèce de fumée,
Dont vous êtes, je crois, trop enthousiasmée.

RÉBECCA.

Vanités, dites-vous? O malheureux mortel!
Si vous êtes enfin semblable au criminel
A mourir condamné pour de vaines maximes,
Dont les orgueilleux seuls sont les folles victimes,
L'honneur n'est plus pour vous que spéculation;

Non, je ne comprends rien à cette fiction :
Sur ce point entre nous la distance est extrême,
Et, selon moi, l'honneur est la vertu suprême.
Dans les illusions vous donnez à plein-bord,
Et jamais avec vous je ne serai d'accord.

BOIS-GUILBERT.

Croyez-moi, Rébecca, ces brillantes sentences,
Sont dans cette prison des mots sans importances.
Ainsi qu'un criminel condamné à mourir,
Non plus de ce trépas que vous pourriez choisir,
Le vôtre du martyr aura l'acrimonie,
Et sera précédé d'une longue agonie;
Je n'en décrirai pas les terribles tourments,
Puissé-je me tromper dans mes pressentiments.

RÉBECCA.

Si tel est mon destin, quelle en est l'origine?
A qui dois-je imputer la mort qu'on me destine,
Si ce n'est à celui qui bravant à la fois,
L'équité, la raison, sans respect pour les lois,
En ce lieu m'a conduite; et maintenant s'attache,
Pour ébranler mon cœur, le rendre faible et lâche,
A faire le tableau, sur le sort qui m'attend,
Du trépas d'un martyr sans motif apparent?

BOIS-GUILBERT.

Ah! ne supposez pas que, libre en cette affaire,
C'est moi qui vous expose à ce destin contraire;
Aujourd'hui même encor je vous garantirais,
Et de mon bouclier, oui, je vous couvrirais,
Ainsi que je l'ai fait au fort de Torsquilstone,
Si j'étais, comme alors, maître de ma personne.

RÉBECCA.

Si, me protégeant là, vous fussiez resté pur,
De mon affection vous pouviez être sûr.

Vous avez bien souvent fait valoir ce mérite :
Mais si javais prévu vos fureurs sans limite,
Je serais morte avant de tomber en vos mains.

BOIS-GUILBERT.

Je ne puis plus longtemps supporter vos dedains :
Comme vous, Rébecca, le chagrin me dévore,
Il ne vous convient pas de l'aggraver encore.

RÉBECCA.

Quels sont donc vos desseins? Parlez, sir Chevalier ;
A vos nobles projets daignez m'initier,
Si votre but n'est pas ici de vous repaître
Des malheurs que sur moi vous-même avez fait naître?
Parlez : oui, hâtez-vous ; mon temps est précieux,
Et le peu qui m'en reste est à peine à mes yeux
Suffisant pour penser à mon heure dernière.

BOIS-GUILBERT.

Toujours à vos mépris vous ouvrez la carrière,
M'accusant de malheurs qui me sont étrangers,
Et quand j'aurais voulu vous sauver des dangers.

RÉBECCA.

Je voudrais éviter un si fâcheux langage ;
Mais enfin mon trépas n'est-il pas votre ouvrage?

BOIS-GUILBERT.

Non, je n'en conviens pas : on ne peut m'imputer
Un malheur imprévu sans pouvoir l'éviter.
Je le demande enfin, et qui pouvait s'attendre
Que le Grand-Maître ici devait sitôt se rendre?

RÉBECCA.

Cependant vous devez, les armes à la main,
Soutenir en champ-clos cet arrêt inhumain
Qui me condamne à mort.

BOIS-GUILBERT.

Calmez-vous, patience !
Ainsi que vos aïeux, vous avez la science
De céder à l'orage et de vous gouverner,
Pour détourner le vent, savoir le dominer.

RÉBECCA.

Hélas ! oui, j'en conviens, c'est un talent funeste
Que mon cœur désapprouve autant qu'il le déteste :
L'adversité nous force à nous humilier,
De même que le feu fait amollir l'acier.
Nous devons ce malheur à nos fautes sans doute :
Mais vous, sir Chevalier, homme que l'on redoute,
Oui, vous qui parlez haut de votre habileté,
De vos nobles aïeux, de votre liberté ;
Ah ! combien n'est-il pas honteux de vous soumettre
Aux préjugés d'autrui, de souffrir et permettre
Que de vous l'on se joue et de tous vos exploits.

BOIS-GUILBERT.

D'amertume toujours, et pour railler mes droits,
Tous vos discours sont pleins. Vous abusez sans cesse
De ce triste ascendant, et que, par votre adresse,
Vous avez pris sur moi. Je ne viens point ici
Pour subir vos affronts, être à votre merci ;
Certes, je puis changer suivant les circonstances,
Mais nul ne me fera fléchir par des violences :
Ma volonté, sans doute, on peut la dominer,
Comme un torrent jamais on ne peut l'enchaîner.
Je vous ai conseillé l'acte judiciaire
Du Jugement de Dieu ; c'était pour vous soustraire,
Par ma lance, aux hasards de votre affreux destin :
De mon affection voilà la preuve enfin.

RÉBECCA.

Quelques instants de plus ajoutés à ma vie,
Un répit d'un moment qui ne fait pas envie,

Voilà, sir Chevalier, ce que vous avez fait
Pour une malheureuse, à laquelle il vous plaît
De porter assistance alors qu'elle succombe,
Et peut vous reprocher d'avoir creusé sa tombe.

BOIS-GUILBERT.

En donnant ce conseil mes motifs étaient purs;
Aux yeux du monde entier ils auraient parus sûrs.
Je ne supposais pas, chacun ici s'étonne
Du choix que le Grand-Maître a fait de ma personne,
Pour soutenir les droits de l'ordre tout entier,
Selon lui compromis, et les justifier :
Et qui donc aurait cru que ce dévot suprême
Choisirait, tel que moi, un fourbe, un anathême
A ses yeux, pour punir vos crimes prétendus :
Comment, dis-je, prévoir ces faits inattendus ?
Sans les concilier, la raison les réprouve,
Et personne ne sait le mal que j'en éprouve:
Je voulais vous sauver, et voici mon projet.
Libre de ma personne, et seul dans mon secret,
Au son des instruments je paraissais en lice
Pour votre champion, avec le seul indice
D'un Chevalier errant qui veut faire valoir
La bonté de sa lance; et j'en avais l'espoir,
En combattant pour vous, pour votre délivrance,
Bientôt je triomphais : quant à la récompense,
Je me fiais alors à votre loyauté;
Mon espoir sur ce point était illimité.

RÉBECCA.

Ce récit n'est au fond que de la fausse gloire :
En vain vous vous flattez de me le faire accroire;
Ce que vous eussiez fait, non, vous n'en savez rien,
Chez vous l'attachement est un faible lien.
En recevant mon gage, il n'est rien d'admissible;
Vous n'êtes plus pour moi, la chose est impossible :
Si dans mon triste sort je trouve un champion

Généreux, et porté par la compassion
A défendre mes droits par excès d'obligeance,
Il devra s'exposer aux coups de votre lance;
Et puis vous voudriez me faire croire, hélas!
Que vous pouvez encor me soustraire au trépas.

BOIS-GUILBERT.

Oui, certes, je le puis, hautement je m'en flatte,
Si vous me promettez de n'être pas ingrate.

RÉBECCA.

Parlez, sir Chevalier, ce langage étonnant,
Je ne le comprends pas.

BOIS-GUILBERT.

    Rien n'est moins surprenant.
Je vais donc m'expliquer avec cette franchise,
Que l'on connaît dans l'ordre et me caractérise.
Si je faisais défaut au lieu du rendez-vous,
Refusant le combat je ne puis être absous
D'un pareil abandon : la chose est par trop claire;
Le Chevalier qui veut au combat se soustraire,
Ne peut être à nos yeux qu'un lâche, un criminel;
Je perdrais donc alors, et de droit naturel,
Tout ce que je préfère à l'air que je respire,
Mon rang avec l'honneur, en me voyant proscrire
De l'ordre dont j'espère avoir l'autorité,
Pour compléter ma gloire et ma félicité.

RÉBECCA.

A quoi sert ce discours, il est sans conséquence;
Votre choix est fait.

BOIS-GUILBERT.

    Non, c'est encore une chance;
Mon choix dépend de vous, vous allez le dicter.
Si je parais en lice, et je puis l'éviter,
Je dois y soutenir ma belle renommée,

RÉBECCA,

Qui ne faillit jamais, partout est proclamée;
Ayez pour vous défendre un champion, ou non,
Votre bûcher s'allume; et le bruit de mon nom
Seulement prononcé doit vous être funeste;
Votre sort est certain, la mort est manifeste.

RÉBECCA.

Pourquoi m'entretenir d'un si triste sujet,
En termes non précis me parler d'un projet,
Me peindre mes malheurs, peut-être les accroître?

BOIS-GUILBERT.

Madame, je le dois, pour vous faire connaître
Sous ses divers aspects le sort qui vous attend.

RÉBECCA.

Dévoilez donc enfin ce mystère important.

BOIS-GUILBERT.

Si je parais, j'ai dit, dans la fatale lice,
Vous êtes immolée, et c'est de ce supplice
Épouvantable et lent, au pécheur destiné,
Et qui meurt non contrit par le ciel condamné;
Il n'en n'est pas ainsi, si l'ordre est sans défense;
Son champion manquant, votre belle innocence
Est alors proclamée aux yeux de tous chrétiens;
Mais pour vous, Rébecca, je brise les liens,
Ces nœuds qui maintenant embellissent ma vie,
Et d'un sort fortuné, partout digne d'envie;
Dans le mépris je tombe en perdant tous mes droits;
Mon grade avec l'honneur, fruit de tous mes exploits.
Mis de complicité, comme un sorcier peut-être,
De maître que je suis, je ne serai qu'un traître;
Le beau nom que je porte, auquel est ajouté
Et la gloire et l'éclat de ma célébrité,
Devient un titre affreux de reproche et de honte;

(Il se jette à genoux aux pieds de Rébecca).

Et cependant, pour vous, Rébecca, je me dompte;
Sans regret j'abandonne à jamais ces grandeurs,
De la fortune enfin les plus douces faveurs;
Oui, je renonce à tout, si vous daignez me dire :
Bois-Guilbert, c'est pour toi que mon ame soupire.

RÉBECCA.

A de telles folies, oh! non, ne pensez pas;
Si vous voulez, Seigneur, me sauver du trépas,
Vous le pouvez encor sans aucun sacrifice.
Le Régent du royaume est chef de la justice;
Jaloux de son pouvoir, il ne peut, par honneur,
Souffrir dans ses états un pouvoir destructeur
De son autorité si chère à l'Angleterre.
Invoquez-le, Seigneur; son puissant ministère,
Dans ce débat cruel, nous convient à tous deux,
Si vous êtes touché de mon sort malheureux.
Vous n'aurez plus pour moi recours aux sacrifices;
Je recouvre la vie, et c'est sous vos auspices.

BOIS-GUILBERT.

Je ne puis invoquer le pouvoir du Régent,
De notre ordre en ce jour il est le concurrent.
Ah! c'est vous, Rébecca, vous seule que j'invoque,
C'est la pitié pour vous, pour moi, que je provoque;
Quel est donc le motif qui peut vous arrêter,
Serais-je un monstre enfin à vous épouvanter?
Ah! je serais encore au trépas préférable.
Serez-vous donc toujours, toujours inexorable?

RÉBECCA.

Vous m'accusez, Seigneur, d'insensibilité,
Quand vous-même pour moi manquez de charité.
S'il est vrai qu'à vos yeux la loi de l'évangile
Est tout pour un chrétien, soyez-y donc docile;
La charité surtout, son premier fondement,
Passe pour être encor son plus bel élément.

Sauvez-moi de la mort, c'est un bienfait immense,
Mais sans réserve, ou bien il perd son importance.

BOIS-GUILBERT.

Non, je n'en ferai rien ; si je renonce à tout,
Patrie, honneur, parents ; si mon cœur se résout
A tout abandonner, soyez-en bien instruite,
Vous devrez, Rébecca, me suivre dans ma fuite:
L'Angleterre est un point dans le vaste univers,
Il est encor pour nous mille climats divers.
    Conrad de Montferrat est mon ami sincère ;
Celui-là, sans mentir, peut se nommer mon frère :
Son esprit et le mien, libre de préjugés,
Aux lois de la raison n'ont jamais dérogés ;
Reçu dans les états qu'il gouverne et domine,
Je serai son bras droit en suivant sa doctrine.
    Je servirai, s'il faut, le brave Saladin,
Plus tôt que d'endurer le mépris, le dédain,
D'un maître qui commande à de vils fanatiques.
    Enfin, je puis encor, par mes faits héroïques,
Rallier à ma voix tous ces nobles croisés,
Qui vont en Palestine, en troupeaux dispersés ;
Leurs impuissants efforts tombent dans la poussière,
Et la mort les attend au bout de la carrière.
Tous ces milliers de bras sans moi ne peuvent rien ;
Je puis seul leur servir de maître et de soutien :
Pour prix de mes exploits, en dépit de la haine,
Rébecca, dans ces lieux vous serez souveraine ;
La couronne est toujours un superbe ornement,
D'un Grand-Maître elle vaut le beau commandement.

RÉBECCA.

De vos illusions tout ceci n'est qu'un rêve,
Vous ne voyez, Seigneur, que la pointe du glaive ;
Mais quand ces vains projets seraient des vérités,
Mon cœur est insensible à toutes vanités.

Contente de l'état où le ciel m'a fait naître,
Je ne veux au-dessus, ni monter, ni paraître.
Je ne suis pas non plus indifférente au point
D'abandonner ma foi, tout ce qu'elle m'enjoint,
Pour complaire, accorder mon amour, mon estime,
A l'homme qui sans frein se plonge dans l'abyme ;
Qui renonce à son ordre, à ses vœux solennels,
Pour satisfaire en tout ses penchants criminels.

    Ne mettez pas à prix, Seigneur, ma délivrance ;
Sauvez-moi par honneur et sans nulle exigeance ;
Le Régent supplié ne refuserait pas
De réduire au néant l'arrêt de mon trépas.

BOIS-GUILBERT.

    Non, Rébecca, jamais. Si je renonce au Temple,
Cruelle, c'est pour toi : ce fait est sans exemple ;
Mais de moi n'attends pas de viles lâchetés :
De l'orgueilleux Régent réclamer les bontés !
Me courber devant lui ! ce serait pour notre ordre
L'affront le plus sanglant, le comble du désordre ;
Je puis bien le quitter, mais jamais le trahir :
On ne me verra pas à ce point m'avilir.

RÉBECCA.

    Ah ! s'il en est ainsi, que le ciel me protège,
Maître de mon destin, s'il le veut, qu'il l'abrège.

BOIS-GUILBERT.

    Rébecca, comme vous, oui, je suis altier,
Votre cœur et le mien ne peuvent se ployer.
Si j'entre dans la lice, à mon devoir fidelle,
De ma valeur je donne une preuve nouvelle :
Pensez ensuite au sort, au sort qui vous attend !!!
Mourir sur un bûcher, succomber, et comment !
Cette idée est affreuse, horrible, épouvantable !
Vos cendres iront donc se perdre sur le sable,
Et de tous ces attraits sur lesquels l'œil charmé,

En fixant ses regards s'arrête enthousiasmé,
Plus rien ne restera; plus rien de ce sourire,
De ce tout enchanteur, pour lequel je soupire.

Pour me soustraire enfin à cet affreux tableau,
Faudra-t-il, Rébecca, me couvrir d'un bandeau?
Si j'en suis affligé et s'il confond mon ame,
Quel sera son effet sur le cœur d'une femme?

RÉBECCA.

Bois-Guilbert, ton orgueil ne peut apprécier
Ce que peut une femme : apprends, fier Templier,
Que dans tous tes combats, tes batailles sanglantes,
Tu ne donnas jamais de preuves plus frappantes
D'un courage éprouvé, qu'une femme d'honneur
Peut en donner toujours dans l'excès du malheur.
Quant à moi, je ne suis qu'une fille timide,
Dont le cœur à la foi est naïf et candide;
Cependant, tous les deux, oui, quand nous entrerons
Dans la fatale lice, où nous nous trouverons,
Moi pour y perdre la vie, et toi pour y combattre,
Nous verrons qui des deux peut s'y laisser abattre,
Et si mon cœur est là plus faible que le tien.

Cessons, sir Chevalier, cessons cet entretien,
Mon temps est précieux; dans un débat funeste,
Je ne dois pas ici perdre ce qui m'en reste.

BOIS-GUILBERT.

Est-ce ainsi, Rébecca, que nous nous séparons?
Pensez donc au moment où nous nous reverrons.
Pourquoi n'êtes-vous pas de naissance chrétienne?
Jamais femme ne fut comme vous inhumaine;
Quand je vous considère, et que je pense au lieu
Où je dois vous revoir, quel effroyable adieu!

(S'approchant de Rébecca).

Charmante fille, hélas! de jeunesse brillante,
Craindre si peu la mort dont elle est innocente!
Peut-on dans l'infortune être si malheureux,

Le destin, non jamais, ne fut si rigoureux.
Plus rien ne peut ici maintenant vous soustraire ;
C'est la fatalité, contre elle il faut se taire.
　　Ah ! du moins pardonnez, séparons-nous amis,
De vous faire changer il ne m'est plus permis ;
Mais si dans vos projets vous êtes immuable,
Dans les miens je serai toujours inébranlable.

RÉBECCA.

　　Les hommes trop souvent jettent sur le destin
Leurs fautes, leurs erreurs et tous leurs maux enfin ;
Quelque soient mes tourments, la raison me l'ordonne,
Bois-Guilbert, sans regrets, oui, oui, je vous pardonne.
　　Adieu ! sir Chevalier, nous nous verrons, je crois,
Mais alors ce sera pour la dernière fois.

(Elle sort).

SCÈNE IV.

BOIS-GUILBERT (seul).

　　Juste ciel ! c'en est fait de ma triste existence !
Il ne me reste rien, pas même l'espérance !!!!
Le malheur n'eût jamais tant de tenacité !.....
Tout s'oppose à mes vœux, et la fatalité,
Comme une ombre en courroux, contre moi se déchaine,
En m'accablant du poids du mépris, de la haine !!!
　　Bois-Guilbert autrefois noblement révéré,
Est un être aujourd'hui vil et dégénéré ;
Un enfant le soumet, une fille le dompte,
Je puis en triompher ; mais j'en mourrai de honte.
　　Le voilà, ce mortel, si fier et si vanté,
D'une femme timide il est épouvanté.
Qu'êtes-vous donc enfin, puissance de la terre ?
Vous n'êtes plus pour moi qu'une vaine chimère !

SCÈNE V.

BOIS-GUILBERT, MALVOISIN.

MALVOISIN.

Tous mes soins, Bois-Guilbert, pour vous sont superflus!
Quoi! dans cette prison, depuis une heure et plus,
Que faites-vous, hélas! je ne puis le comprendre?
C'est moi qui vous permet en ce lieu de vous rendre,
Mais si notre Grand-Maître en était informé,
De ma condescendance, oui, je serais blâmé.....
Vous paraissez chagrin, quelle est donc votre peine?

BOIS-GUILBERT.

Je suis comme un mortel dont on ouvre la veine,
Condamné sans espoir, et qui n'a de répit
Que pour ronger son frein, torturer son esprit:
Je suis tel, et peut-être encore plus à plaindre;
La mort, en cet état, ne laisse rien à craindre:
Je la désire, ami, sans pouvoir l'obtenir;
Cette fille a détruit mon brillant avenir!!!
Plus rien ne me retient d'aller chez le Grand-Maître
Lui dire impunément que je ne veux paraitre
Dans le rôle cruel qu'il a su m'imposer,
Que j'abjure son ordre, et veux y renoncer.

MALVOISIN.

En agissant ainsi, c'est vouloir votre ruine,
Sans sauver néanmoins votre belle héroïne.
Ce beau projet vous perd sans compensation:
Beaumanoir nommera tout autre champion
Pour faire exécuter sa barbare sentence;
Alors cette accusée, et malgré votre absence,
N'en périra pas moins que si, toujours soumis,
Vous paraissez pour l'ordre, au gré de vos amis.

BOIS-GUILBERT.

Elle ne mourra point, de mon bras je dispose ;
Je paraîtrai pour elle et défendrai sa cause.
Pourriez-vous dire, Alfred, quel est le chevalier,
Dans tout l'ordre aujourd'hui, qui peut me dénier
Le droit qui m'appartient de la meilleure lance ?

MALVOISIN.

Ce droit vous est acquis, c'est votre récompense ;
Soit : mais vous oubliez qu'un maître vigilant
Peut comprimer sans peine un sujet arrogant.
Allez faire au Grand-Maître une simple menace
D'abjurer tous vos vœux, si vous avez l'audace,
Vous verrez le despote, avec sa dignité,
S'il vous laisse un instant à votre liberté.

BOIS-GUILBERT.

Je fuirai, sans parler à cet énergumène,
Pour éviter sa rage et délier ma chaîne ;
J'irai, quittant ces lieux, dans des pays lointains,
Où ce dévot n'a pas encor souillé ses mains :
Là du moins je serai sans nulle surveillance,
Et je pleurerai seul la mort de l'innocence.

MALVOISIN.

Non, cela ne se peut, car déjà vos discours
Vous ont rendu suspect : sachez-le sans détour ;
Vous ne pouvez sortir de la commanderie ;
Je dois vous parler vrai, surtout sans flatterie.
Ici l'on vous observe, et si vous en doutez,
De sortir en effet à la porte essayez :
Cet ordre, je le sais, vous blesse et vous offense,
Il peut seul vous sauver contre votre démence.
Si vous veniez à fuir, qu'en résulterait-il ?
Ainsi qu'un vagabond, un proscrit dans l'exil,
En perdant votre rang, vos titres à la gloire,

Vous vous déshonorez pour être dérisoire;
Votre bonte s'étend sur vos nobles aïeux,
Dans la postérité, sur vos derniers neveux:
Vos compagnons encor, pour vous courbant leurs têtes,
Regretteront d'avoir pris part à vos conquêtes.
Ah! quel deuil pour la France et pour son étendard!
Mais aussi quel plaisir pour le vaillant Richard,
Pour ce héros fameux, l'orgueil de l'Angleterre,
Et dont vous étiez seul le rival à la guerre,
S'il apprenait un jour que le fier Templier,
Qui, seul, en Palestine osa le défier,
A perdu son honneur, sa gloire et sa puissance,
Pour une fille enfin, sans nom, sans importance,
Dont il défend la cause et qu'il n'a pu sauver.

BOIS-GUILBERT.

De vos mépris, Alfred, cessez de m'abreuver.
Mon cœur, vous le savez, à l'honneur trop sensible,
Jusqu'à la mort sera toujours incorruptible;
Je ne serai jamais déloyal ni félon;
Ce qui froisse l'honneur, ne va pas à mon nom.
Mais cette malheureuse à tort abandonnée,
Va périr innocente, et c'est sa destinée.

MALVOISIN.

On ne pourra du moins vous reprocher sa mort,
Lucas de Beaumanoir est lui seul assez fort;
Il en supportera sans peine tout le blâme.

BOIS-GUILBERT.

Vous soulagez mon cœur, raffermissez mon ame;
Oui, je reviens à moi des portes du trépas:
Méprisé d'une femme, Alfred, ah! c'est trop bas.
Je le jure en vos mains, vous me verrez en lice,
Mais, hélas! ô mon Dieu! quel affreux sacrifice!

FIN DU QUATRIÈME ACTE.

ACTE CINQUIÈME.

SCÈNE PREMIÈRE ET D'APPARAT.

La scène représente un lieu disposé pour un tournois, au moyen d'une palissade formant un parallélogramme assez rapproché de l'avant-scène, et dont les deux grands côtés lui sont parallèles.

Sur le milieu du grand côté le plus rapproché du fond du théâtre, est un trône pour le Grand-Maître : des siéges à sa droite et à sa gauche sont disposés pour les Commandeurs et les Chevaliers.

En face du trône, et dans le grand côté du parallélogramme le plus rapproché de l'avant-scène, est une ouverture pratiquée dans la palissade pour pénétrer dans la lice.

En avant du théâtre, et sur le côté gauche, est un bûcher d'auto-da-fé, avec un poteau dans le milieu garni de chaînes pour attacher la victime. Quatre nègres, commandés par un chef, sont occupés à disposer ce bûcher. Sur le côté opposé, et toujours en avant du théâtre, est une chaise peinte en noir pour servir de siége à l'accusée.

Le fond de la salle représente une église avec un clocher. La commanderie de Templestowe figure sur

6

le côté droit du théâtre; sa grande porte d'entrée
est garnie d'un pont-levis; sur le côté gauche est une
avenue dans laquelle se prolonge et s'étend la lice.

AU LEVER DE LA TOILE.

La scène est couverte de spectateurs qui circulent.

Les nègres et leur chef préparent le bûcher.

On entend dans le lointain tinter une agonie.

Quelques instants après la toile levée, Ivanhoé,
en costume de bataille, ayant le bras gauche en
écharpe (on le suppose blessé au bras), arrive sur
la scène par l'avenue. Il est suivi de deux écuyers
qui ont à leur suite deux servants; ils vont prendre
position derrière la chaise préparée pour Rébecca.

Le pont-levis de la commanderie se baisse ensuite.
Les portes ouvertes, on voit sortir un chevalier portant l'étendard de l'Ordre, précédé de deux hérauts
et de six trompettes; il est suivi par les Commandeurs et les Chevaliers marchant deux à deux. Vient
ensuite le Grand-Maître, couvert du grand manteau
blanc, portant à la main son bâton de commandement. Derrière lui se trouvent Conrad et Malvoisin
faisant les fonctions de parrains du champion de
l'Ordre (Bois-Guilbert), qui marche entre eux couvert de son costume de bataille, suivi de deux écuyers
qui portent son épée, sa lance et son bouclier. Derrière eux est le cheval de bataille du champion, tenu en bride par un servant.

Viennent ensuite les aspirants, les pages et les

écuyers, tous en habits noirs; enfin, suit une troupe de gardes portant la livrée de l'Ordre, armés de lances et de pertuisanes, laissant apercevoir au milieu d'eux Rébecca vêtue d'une robe blanche d'une étoffe grossière et de la forme la plus simple.

La marche est fermée par un groupe de personnages remplissant diverses fonctions subalternes dans la commanderie, tous rangés dans un ordre parfait, les bras croisés sur la poitrine, et les yeux baissés.

Le cortége s'avance lentement, et fait le tour de la lice, en la longeant sur la gauche, derrière le trône du Grand-Maître, pour arriver à son ouverture.

Rébecca est conduite devant la chaise qui lui est destinée, et reçoit le salut d'Ivanhoé, qui lui donne la main pour s'y placer.

Le Grand-Maître ayant pris place sur son trône, le porte-étendard va prendre position à son côté droit.

Les Chevaliers prennent place sur leurs siéges qui environnent la lice, à droite et à gauche du Grand-Maître. Les aspirants sont derrière eux et debout; les écuyers et les pages se placent ensuite sans confusion et par ordre, suivant la hiérarchie des grades.

Les gardes se portent sur les divers points de l'assemblée. Les valets prennent position sur un lieu désigné hors de la lice; enfin le peuple occupe les endroits disponibles.

Bois-Guilbert et ses deux parrains se placent sur le côté gauche, à l'ouverture de la lice; son cheval occupe le côté droit avec l'écuyer qui le tient en bride.

Chacun étant placé, un sombre silence règne dans cette grande assemblée. Au signe donné par le Grand-Maître et répété par un héraut, le son des trompettes annonce l'ouverture du tournois.

MALVOISIN.

(Il se présente devant le Grand-Maître, le salue par une génu-flexion, et dit) :

Grand-Maître révéré, digne et puissant Seigneur,
Je parais devant vous en humble serviteur,
Au nom de Bois-Guilbert, noble soutien du Temple,
Reconnu Chevalier à citer pour exemple,
Qui dépose à vos pieds le gage du combat;
Proteste par ma voix que, fidèle au mandat
Dont il est honoré, vous le verrez en lice
Pour notre ordre, en ce jour, soutenir la justice
De votre jugement, et le rendre absolu,
En se glorifiant d'être ici votre élu.

BEAUMANOIR.

Bois-Guilbert doit prouver que sa demande est juste,
Le jurer sur la croix par un serment auguste.

MALVOISIN.

Vénérable Seigneur, le noble Chevalier
A prêté ce serment, et l'on peut s'y fier :
C'est moi qui l'ai reçu, sur l'honneur je l'assure,
Et le réitérer serait lui faire injure;
Son adversaire encor, méconnaissant la croix,
Ne pourrait le prêter sans enfreindre nos lois.

BEAUMANOIR.

Cette digne formule ayant été remplie,

Sur ce point important, allez, je le délie.

    (A un héraut):

Annoncez-le, héraut, le combat est offert.

      (Les trompettes sonnent le rappel).

    LE HÉRAUT (parlant à voix haute au milieu de la lice).

Vous tous, peuple, écoutez: Le noble Bois-Guilbert,
Illustre Templier, connu par sa vaillance,
Se dispose à combattre en lice, à toute outrance,
Tout brave Chevalier de noble extraction,
En armes paraissant, et comme champion
De Rébecca, la juive, à la mort condamnée
Par arrêt qui concède à cette infortunée
Le droit d'en appeler au Jugement de Dieu.
Je promets donc en lice, à l'un et l'autre preux,
Du soleil et du vent le plus juste partage;
Chacun des champions n'ayant d'autre avantage
Que celui du bon droit qui donne la valeur,
Et toujours dans le ciel protégé du Seigneur.
    Tout vaillant Chevalier peut en lice paraître,
Je vous l'annonce au nom du souverain Grand-Maître.

    (Ivanhoé, le bras gauche en écharpe, se présente à l'ouverture
    de la lice, accompagné de ses deux écuyers).

      LE HÉRAUT (s'adressant à Ivanhoé):

Dites-nous, étranger, votre nom, votre rang?
Et quels sont vos desseins?

        IVANHOÉ.

          Je suis d'un noble sang,
Chevalier sans reproche, et je viens par les armes
Défendre Rébecca, mettre un terme à ses larmes.
    Je proteste d'abord contre l'autorité
Qui la condamne à mort par un droit contesté;
Je déclare à voix haute infâme sa sentence.
    J'accepte le défi du combat à outrance
Du chevalier Guilbert, que je dis imposteur,

Espérant le prouver comme un homme d'honneur,
Les armes à la main; comptant sur la justice
Du droit que je défends, qui me sera propice.

MALVOISIN (parlant au Grand-Maître):

Grand-Maître, si cet homme, à mes yeux étranger,
Demande du combat à courir le danger,
Pour avoir cet honneur, il doit donner un gage,
Qu'il est vrai chevalier et de noble lignage.
Le saint ordre du Temple, avec ses champions,
Ne se compromet pas sans ces conditions.

IVANHOÉ (levant sa visière).

Malvoisin, connais-moi : mon nom et mon lignage
Sont plus purs que les tiens; je suis, par apanage,
Wilfrid Ivanhoé.

BOIS-GUILBERT.

Je ne combattrai pas
Cet homme audacieux, qui cherche le trépas,
Succombant sous le poids d'une grave blessure :
Non, non, je ne veux pas d'une victoire sûre.

IVANHOÉ.

Orgueilleux ! misérable ! as-tu donc oublié
Que déjà dès longtemps ma main t'a chatié
En te faisant courber sous les coups de ma lance;
Cette arme qui t'a fait connaître la puissance
De mon bras sur le tien, je ne puis aujourd'hui
M'en servir contre toi, voilà tout mon ennui;
Mais j'ai là mon épée, arme qui peut encore
Châtier par ma main l'infâme que j'abhorre.
Apprends, fier Templier, que si tu ne consens
A combattre avec moi sans motifs suffisants,
Je te proclame ici comme un insigne lâche,
Et toujours sur ton front on en verra la tache.

BOIS-GUILBERT (avec émotion).

Wilfrid, ce que je fus, toujours je le serai ;
Ne crains rien, me voici, je te satisferai.
Es-tu prêt à mourir ?

IVANHOÉ (parlant au Grand-Maître) :

                    Daignez, noble Grand-Maître,
M'octroyer le combat.

BEAUMANOIR.

                    Je dois vous le permettre,
Si l'accusée en vous présente un défenseur.
Je vous connais, Wilfrid, pour un homme d'honneur :
En défendant vos droits, tristes de leur nature,
J'ai regret de vous voir au bras une blessure.

IVANHOÉ.

Quoique blessé, Seigneur, je suis encor soldat ;
Le bon droit va soudain paraître avec éclat.

(Le même s'avançant près de Rébecca).

Madame, en cet instant, ah ! daignez nous l'apprendre,
Wilfrid Ivanhoé, peut-il ici prétendre
D'être le champion que vous avez choisi ?

RÉBECCA.

Seigneur, je m'en honore.

        (Ivanhoé s'éloigne avec précipitation, et entre dans la lice).
        (Les écuyers des deux champions, pendant le monologue
        de Rébecca qui suit, font, de part et d'autre, les dispo-
        sitions nécessaires pour le combat.

RÉBECCA (à part et debout).

                    Ah ! Grand Dieu ! le voici
Ce moment redouté, terrible, épouvantable,
Où ma vie en suspend entre un être implacable
Et l'homme aimable et bon, objet de tous mes vœux ;
Nul mortel, non jamais, n'eût un sort plus affreux.

Dans ce conflit d'horreurs, la plus noble des ames
Ne pourrait plus longtemps résister à ces flammes
Qui dévorent mon cœur et vont le consumer,
En lui laissant encor la puissance d'aimer.

   Le trépas, sans fléchir, je puis le voir en face,
De mourir en martyr j'ai la force efficace;
Mais dans ma chûte, hélas! au tombeau du malheur,
Traîner Ivanhoé!!! Monstrueuse douleur,
Dont il n'est pas d'exemple, et qui m'est dévolue,
Pour moi seule, ici bas, es-tu donc apparue?

                (Mettant la main sur son cœur).

Il est là ce poison de l'enfer envoyé!!!

                (Elle chancelle et levant les mains au ciel).

Au secours, oh! mon Dieu! sauvez Ivanhoé!......

                (Elle tombe à genoux, et s'évanouit appuyée sur sa chaise).
                (Après ce monologue, les deux champions prenant position
                    l'épée à la main, les écuyers se retirent en arrière).

                LE HÉRAUT (aux champions):

Valeureux Chevaliers, remplissez dans la lice
Le devoir de l'honneur.

                (Le même parlant à l'assemblée):

                        « Au nom de la justice,
« Je dois vous prévenir, chrétiens ou dissidents,
« Vous tous de l'assemblée et sur ce lieu présents,
« Que la peine de mort d'avance est prononcée
« Contre tout imprudent qui, sans raison sensée,
« Prononcerait un mot pour troubler le combat;
« Et qu'un seul geste ici peut être un attentat.

                BEAUMANOIR.

   (Il jette dans l'arène le gant, gage du combat, en disant):
   Laissez aller.

Les trompettes sonnent, et les deux champions, l'épée à la main,
   s'élancent l'un contre l'autre. Après quelques instants de combat, Bois-Guilbert chancelle et tombe sans avoir été touché,

m iis seulement étourdi par le bouleversement des sens. Ivanhoé
s'élance sur lui, et lui mettant un genou sur la poitrine et la
pointe de l'épée à la gorge, il dit) :

Rends-toi ! c'est Dieu qui t'en convie ·
Demande ton pardon, je t'accorde la vie.

BEAUMANOIR.

C'en est fait, Chevalier, Bois-Guilbert est vaincu,
Et je le reconnais du crime convaincu :
Son corps vous appartient, mais pensez à son ame.

(A un signe donné par le Grand-Maître, les trompettes sonnent
la fanfare du triomphe, et les hérauts s'emparent de Bois-Guilbert pour lui donner des soins. Les trompettes ayant cessé, le
Grand-Maître, d'une voix haute et parlant à l'assemblée, s'ex-
prime ainsi) :

Wilfrid Ivanhoé, vainqueur je vous proclame :
A mes yeux apparaît la justice de Dieu,
Et devant vous j'en fais à voix haute l'aveu.
J'adhère, je le dois, à cet arrêt auguste ;
S'il trompe notre espoir, ah ! du moins il est juste.
J'acquitte Rébecca.

(A ces mots Ivanhoé se rend près de Rébecca, la relève et la
console).

Pour lui rendre l'honneur,
Et selon mon pouvoir alléger sa douleur,
Oui, devant Dieu j'affirme, et telle est ma pensée,
Que l'imputation, dont elle est accusée,
Etant calomnieuse, il ne me reste plus
Qu'à rendre un pur hommage à ses rares vertus,
Dont elle obtient du ciel la juste récompense,
Qui devait ce triomphe à sa belle innocence.

(Le Grand-Maître descend de son siége et se porte sur l'avant-
scène accompagné de tous les chevaliers, qui forment une cein-
ture autour de lui).

(Le même aux chevaliers) :

Mes Frères, en ce jour, de la prévention
Je connais, mais trop tard, la triste illusion :

Trompé par l'apparence, et je pouvais y croire,
Cette erreur pour jamais va flétrir ma mémoire ;
Sur mon discernement pour avoir trop compté ,
Je rougis devant vous de ma témérité.
Craignez de la raison la lumière incertaine,
Dans de fâcheux écarts trop souvent elle entraîne ;
Elle se montre à nous sous un voile trompeur,
J'en éprouve en ce jour une amère douleur.

Mes enfants , profitez de l'avis d'un bon père,
Dont l'amitié pour vous est pure et bien sincère ;
De la prévention méfiez-vous toujours ,
J'en suis une victime au déclin de mes jours.

UN HÉRAUT (parlant au Grand-Maître):

Seigneur , tout est fini , près de sa fin dernière,
Bois-Guilbert au moment termine sa carrière ;
Malgré nos soins , il meurt, par le sang étouffé ,
Et sur lui sans recours la mort a triomphé :
En cet instant déjà son visage est livide ,
Conservant néanmoins son air ferme et rigide ;
Tout son corps est intact , et je crois entrevoir
Sur ses traits le trépas d'un homme au désespoir.

BEAUMANOIR.

Mon Dieu ! je vous implore, ah ! du moins pour son ame.

IVANHOÉ (au Grand-Maître):

Seigneur , sur ce trépas , je suis exempt de blâme.
Devant vous , en champ-clos , ai-je su mériter
Votre estime et l'honneur de m'en féliciter.

BEAUMANOIR.

Je n'ai sur le combat nul reproche à vous faire ;
J'accorde mon estime à tout noble adversaire.
(Le même à un héraut):
Les armes et le corps de ce vil séducteur
Appartiennent de droit au chevalier vainqueur.

IVANHOÉ.

Non, Seigneur, je ne veux de ces malheureux restes,
Je vous les abandonne, ils me seraient funestes;
Sous la main du Très-Haut Bois-Guilbert aujourd'hui
Succombe; il ne pouvait résister contre lui.
Je déplore avec vous ma trop sinistre gloire,
Le ciel a plus que moi pris part à ma victoire.
Seigneurs et Révérends, recevez mes adieux,
Nous nous verrons encor dans des temps plus heureux.

(Il se retire près de Rébecca, qui lui témoigne par gestes sa
satisfaction).

BEAUMANOIR (à un héraut):

Le rappel du départ.

(Les trompettes sonnent, et tous les personnages du Temple se
rangent en un instant et sans confusion. Le Grand-Maître entre
dans les rangs, après avoir donné son coup-d'œil ; à son signal,
répété par le héraut, les trompettes sonnent la marche du départ. Le cortége se met en mouvement pour rentrer à la commanderie dans le même ordre observé pour l'arrivée. Les quatre
nègres et leur chef ferment la marche.

Le corps de Bois-Guilbert, couvert d'un manteau, reste dans la
lice sous la surveillance de plusieurs gardes, avec une sentinelle
à l'entrée.

Le cheval de bataille de Bois-Guilbert, tenu en bride par son
guide, reste également à l'ouverture de la lice.

Les spectateurs du combat demeurent sur le théâtre en silence).

SCÈNE II.

IVANHOÉ, RÉBÉCCA.

(Les écuyers et servants d'Ivanhoé derrière la chaise de Rébecca,
les spectateurs et gardes comme il est dit ci-dessus).

IVANHOÉ.

Le ciel dans sa clémence,
Charmante Rébecca, signale sa puissance,

RÉBECCA,

En vous favorisant de son appui divin,
Pour vous soustraire au coup du plus affreux destin.
Nous pouvons bien ensemble admirer son ouvrage;
Il fallait son pouvoir pour punir votre outrage.
Ah! qui pouvait s'attendre à ce succès heureux,
Il comble mon espoir et j'en suis glorieux;
De vos malheurs enfin il doit vous satisfaire,
La vertu pouvait seule obtenir ce salaire:
Celle qui vous distingue, inconnue aujourd'hui,
Méritait du Seigneur cet éclatant appui,
Que du haut de son trône avec joie il accorde,
En exauçant vos vœux dans sa miséricorde;
Heureux qu'il ait voulu se servir de mon bras
Pour remplir ses desseins, vous sauver du trépas.

RÉBECCA.

Seigneur, je reconnais la divine puissance
Dont j'éprouve en ce jour la suprême assistance;
Sans doute le Très-Haut pouvait de cent moyens
Me soustraire à la mort, détacher mes liens;
Mais pour me protéger, sage dans sa colère,
Pouvait-il mieux choisir que votre ministère?
Oui, ce bienfait du ciel, reçu de votre main,
Double pour moi son prix, ah! soyez-en certain.

IVANHOÉ.

Je vous dois, à mon tour l'ineffable avantage
D'être agréable à Dieu, du moins je le présage.
Il est temps, Rébecca, quittons ces tristes lieux,
Vous avez à répondre autre part à des vœux.
Vos malheureux parents dans les pleurs vous attendent,
C'est à vous d'essuyer les larmes qu'ils répandent.

RÉBECCA.

Quelque soit mon désir et mon empressement
Pour sortir de ces lieux, hélas! Seigneur, comment

Reconnaître du ciel la faveur ineffable,
Si dans cet endroit même, en ce jour mémorable,
A Dieu je n'adressais, avec ame et ferveur,
Les inspirations qui suffoquent mon cœur.
Je ne puis plus longtemps de sa sainte assistance
Concentrer les élans de ma reconnaissance;
Permettez donc, Seigneur, qu'à terre et devant vous,
J'adresse au Tout-Puissant mes respects à genoux.

(Elle se met à genoux).

O mon Dieu, suggérez à votre humble servante,
Les moyens d'exprimer sa prière fervente,
Les sentiments ardents qui consument son cœur:
Comment vous rendre grâce, ô mon libérateur!
Vous avez bien voulu me rendre à l'existence,
Pour répondre au bienfait je sens mon impuissance.
    Si vous avez juré, malgré tous mes regrets,
De punir Israël, j'adore vos décrets;
O mon Dieu! comme vous, ils sont impénétrables!
Mais vos bontés toujours pour moi sont ineffables.
Oui, si du haut des cieux, vous baissez vos regards
Près de nous, à travers les donjons, les remparts,
Pour tendre à l'infortune une main bienfaisante,
Nous pouvons tous compter sur cette main puissante
Qui sut me garantir de la perversité.

(S'adressant aux spectateurs).

    Et vous tous, ô témoins de ma félicité,
Vous le devez, partout publiez ma victoire,
Faites-en rejaillir et l'honneur et la gloire
Sur la divinité qui comble tous mes vœux;
Mais surtout rappelez aux sentiments pieux
Ces esprits incertains à toute foi rebelles,
Inspirez-leur l'amour de ces vertus réelles,
Qui faisaient le bonheur de tout le peuple hébreu,
Et vous leur obtiendrez l'assistance de Dieu.

IVANHOÉ (donnant la main à Rébecca pour la relever).

La vertu, Rébecca, toujours on la révère :
Dans l'excès du malheur, elle nous régénère ;
Mais vous nous en laissez, pour nous, pour l'avenir,
Un exemple touchant, précieux souvenir
Dont se rappellera toute ame généreuse,
Pour protéger toujours la vertu malheureuse.

FIN DU CINQUIÈME ET DERNIER ACTE.

———————

En cas de contrefaçon, l'auteur de cet ouvrage prend ici l'engagement envers toute personne qui lui en donnera l'avis officiel, avec les preuves du délit et la connaissance du délinquant, à lui faire remise de la moitié de l'indemnité à laquelle il pourra prétendre, d'après la décision des tribunaux.

Dole (*Jura*), le 8 janvier 1842.

FLORET,
ancien employé des administrations civiles
et militaires de l'Empire.

Nota. Dans ma Dédicace, en parlant du 4e acte de ma Tragédie, j'ai dit qu'il renfermait une particularité remarquable, sans la signaler.

Je crois devoir expliquer cette phrase énigmatique, dont le sens pourrait embarrasser quelques personnes.

Je dis donc que cet acte a cela de particulier, qu'il se compose, pour les trois quarts environ, d'une seule scène, où figurent deux personnages seulement, dont la conversation offre tant d'intérêt, que l'on ne s'aperçoit pas de la longueur de ce dialogue, sans exemple dans toutes les pièces du Théâtre français.

On trouve dans cet acte des notions sur l'époque à laquelle se sont passés les faits relatés dans la Tragédie.

CORRECTIONS.